U0081953

玩偶之家

A Doll's House

Henrik Ibsen

易卜生/原著
許邏灣/譯

女人要掌握自己的人生，還是奉獻自己？

看似幸福的平凡生活，潛藏著男性沙文主義；女人宛如附屬品，任人擺佈。
易卜生的戲劇呈現十九世紀婦女的痛楚：婚姻對女人而言是無形的枷鎖。

作者簡介

易卜生，挪威人，曾經在藥房當學徒。二十二歲發表第一部劇作《凱特南》，三十歲就已經是奧斯陸挪威劇院的藝術總監。但是他早期的作品，例如《愛情喜劇》，評價極差。因爲厭惡挪威落後，易卜生於一八六四年到羅馬定居，三年內完成《布朗德》與《皮爾．金》。之後，他的創作風格變成寫實派，嚴厲批判傳統的社會風俗。《青年同盟》、《社會棟樑》、《玩偶之家》、《群鬼》、《全民公敵》、《野鴨》、以及《海妲．蓋卜勒》，這些作品使他在歐洲聲名大噪，被視爲道德與社會改革的代言人。到了晚年，易卜生創作《大建築家》與《復甦》，以象徵的手法探討人類的處境。西方二十世紀的戲劇普遍受到易卜生作品的影響。

譯者簡介

許邏灣，現任淡江大學英文系兼任講師，曾經任職行政院新聞局英文編譯。民國七十二年從臺大外文系畢業後，從事各行各業的英文翻譯至今。民國八十一年取得淡大西洋語文研究所碩士學位後，在大學任教至今。得意的譯作有《桃樹輓歌》與《藝術治療》。

目次

總序

吳錫德

早年（一九六九年），顏元叔教授擔任西洋文學研究所所長時，召集西研所師生組成翻譯團隊，譯介二十世紀西方最具代表性的劇作家的作品，出版了近四十本「西洋現代戲劇譯叢」，由驚聲文物發行，爲彼時出版界及西洋文學界的盛事。這套譯作涵蓋面既廣且深，是對當代西洋戲劇的全面接納與理解。它影響深遠，黃綠相間的口袋型袖珍譯本，不僅做爲彼時時尚的教材，也是熱愛西洋戲劇的知識青年人手一冊的暢銷書，更是各級學校戲劇社公演的現成劇本。它可說是帶動台灣劇團活動的最大推手。惜因驚聲文物中途歇業，而告售罄。目前只有部份圖書館收錄殘本若干。

一年前，在幾位外語學院老師的建議下，我們決定讓這套書再現風華，在學校的支持下，透過本校出版中心出版。我們重新選譯或重譯了這套書的代表作

品，推出新版的「西洋現代戲劇名著譯叢」，希望逐一更新版本，嘉惠向隅的年輕學子。我們也同樣蕭規曹隨，依著前輩的規畫，在審稿的過程中力求忠實於原文，譯文須流暢可讀，並邀請譯者提供導讀一篇，使更能貼近當代讀者的需求。

戲劇原本是結合語言張力與劇場空間的一種表演藝術。它在二十世紀主導並促進西方文學的發展，時至二十一世紀，挾其視覺聲光效果，以及多元多貌的藝術形式，依舊是人類藝術生活，乃至日常生活不可或缺的精神食糧。這套二十世紀西洋戲劇名著應能提供及啓發我們更多的靈感與發想，爲我們繽紛多彩的後現代社會提供更多元多采的饗宴。

在此感謝參與規劃的蔡振興、黃仕宜、陳吉斯老師，尤其感謝張家宜校長、虞國興學術副校長的支持，以及出版中心邱炯友主任、吳秋霞經理的襄助。特別要感謝熱心參與譯作的每一位老師，相信當他（她）們看到自己嘔心瀝血的譯作轉換成精粹雋永的劇本對話，被年輕的讀者捧讀，被搬上舞台表演，被全神貫注的演員高聲朗讀，激起一波又一波的喜怒哀樂，內心一定會感到無比欣慰。

謹序之。

（二〇一四　夏）

純屬巧合的「黑」：《玩偶之家》譯序

許邏灣

你要知道，讀翻譯的東西很危險，總會有某種程度的誤解。因爲，很遺憾，翻譯者大多缺乏理解力。

易卜生

西方學者范羅恩（Thomas F. Van Laan）批評《玩偶之家》的英譯版本大多令人詬病，惟有費傑德（Rolf Fjelde）的譯文忠於易卜生的原著。他在該篇論文的開頭引用易卜生的這句話，並且強調：將外國的文學作品翻譯成本國的語文，必須保存原著的本土文化、文字的特色與人物的語言習慣，否則譯者就是叛徒。

根據范羅恩的分析《玩偶之家》的英譯版本各有不同的弊病，文字不是過於簡略就是拖泥帶水，有的竄改內容，有的抄襲他人的譯作。值得借鏡的是，范羅恩認為其中三位英國籍譯者濫用「英國腔與英式俚語」，反而忽略原著人物特有的語氣，最不足取。那麼，要將這些不理想或不可靠的「二手」英文再翻譯成中文，對不懂挪威文的譯者而言豈不是更棘手、更危險？因此，我參照幾個英文文集所採用的《玩偶之家》版本，再依照中文的邏輯折衷修改臺詞。如此費勁地揣摩文字，只希望不增添易卜生的遺憾。但是，為了發揚中文的精髓，我仍然是叛徒。

譯名的處理

西方人名的翻譯，其實不能掉以輕心。譯名好，促進理解；譯名不好，徒增困擾。例如，杜斯妥也夫斯基的小說，譯者將俄文繁複的姓和名直譯，導致中文讀者宛如置身在一座大迷宮，不易掌握或記憶各個角色的發展。以范羅恩這位

學者爲例，他的名字全部翻譯出來是湯馬斯·福·范羅恩；這種譯名對文章的理解毫無助益，有時反而造成閱讀障礙。爲符合中文人名的慣用法並且促進臺詞的流暢性，我將劇中人物的姓當作完整的姓名來翻譯。因此，《玩偶之家》的男主人叫做黑爾墨，他的太太諾拉喚他「爾墨」。（讀者和觀眾應該感覺得到：「黑爾墨」比其他版本的譯名「托瓦德·海爾默」或「托瓦爾·海爾默」順口而且好記。）黑爾墨這個譯名的原文是Helmer，有掌舵者和控制者的暗喻。柯羅斯塔遭到黑爾墨解雇後，他形容自己是『遭遇船難的人』；換言之，是掌舵者黑爾墨害他落海。柯羅斯塔有個暱稱「尼爾」，諾拉稱呼他「柯先生」，而克莉絲汀喚他「尼爾」，顯示他們的關係不同。克莉絲汀嫁給林德，變成寡婦後外人仍然稱呼她「林太太」，日後她會變成「柯太太」。唯一的例外是「蘭克醫生」這個稱呼；蘭克醫生在劇中只有姓氏和頭銜，沒有名字和暱稱。這個稱呼顯示挪威的社會重視頭銜，蘭克的醫師身分備受尊重。這個稱呼也暗示蘭克是單身漢，沒有親人和情人稱呼他的名字。雖然黑爾墨夫婦與蘭克醫生交往多年，而且蘭克每天來作客，他們卻不曾稱呼他的名字，足見他們的交情只是表面上親密。相反地，保母安妮和女傭海倫在劇中沒有姓氏，因爲她們過著寄人籬下的生活，沒有丈夫或父親的庇護。諾拉在劇中也沒有父姓，因爲她是「黑爾墨的太太」。然而，拿掉結婚戒指後，諾拉不再是「黑太太」；一旦諾拉離家出走，她就失去經理夫人的身分和頭銜。諾拉最後會回到原生家庭，但是她的父親已經過世多年。在十九世紀，失怙又失婚的諾拉，她的社會地位勢必像女傭那般卑微。

黑爾墨的「黑」

在我的譯文裡，黑爾墨夫婦順理成章是「黑先生」和「黑太太」。巧合的是，在最後一幕，黑爾墨披著黑色斗篷而諾拉圍著黑色大披肩上場。此時讀者和觀眾必定會恍然大悟：在這部戲劇裡黑色是最重要的意象。

在《玩偶之家》黑色有不同層面的含義和象徵。首先，黑色暗喻黑爾墨夫婦各有不爲人知的一面；他們的婚姻充滿欺騙和隱瞞；尤其是黑爾墨，徹頭徹尾自欺欺人。黑爾墨義正辭嚴地批判柯羅斯塔：「簡直想像不到，那種罪人總是在說謊和欺騙而且虛情假意。他與最親近的人在一起，甚至與他的妻子兒女在一起，都必須戴著面具。」很諷刺的是，這番話完全是黑爾墨的寫照。第一，黑爾墨始終道貌岸然，以剛正不阿的形象自豪，而且不接受有道德瑕疵的案子，但是他曾經包庇岳父的罪行。第二，黑爾墨對身邊的人虛情假意。最明顯的例子是，從舞會回來，黑爾墨急著要和太太親熱，因此他對克莉絲汀和蘭克醫生的到訪感到厭煩不已。令人不齒的是，黑爾墨當上銀行經理就處心積慮要解雇多年的朋友柯羅斯塔，只因爲柯羅斯塔不懂得尊重上司，在辦公室與他稱兄道弟。最諷刺的是，黑爾墨信誓旦旦他願意爲諾拉犧牲一切，但是幾分鐘後借據的事件曝光，他立即痛罵諾拉是罪人，並且剝奪她撫養子女的權利。當諾拉告訴黑爾墨，她會「從這個世界消失」，黑爾墨竟然無動於衷，只是一味地擔心他的名譽和前程會受到影響，完全不體諒妻子的用心良苦和自我犧牲。足見黑爾墨是個不折不扣的假面丈夫。

在這部戲劇裡，黑爾墨顯然很會享受物質生活，他喜愛抽雪茄和品嘗美酒。在舞台上看似微不足道的黑色古巴雪茄，其實可以視為男性沙文主義者的象徵；叼著黑色雪茄的黑爾墨，最能呈現他既自負又自私自利的大男人形象。

諾拉的「黑」

諾拉和黑爾墨結婚八年，她一直很崇拜丈夫，從未意識到他的虛偽和邪惡。黑色象徵諾拉的幾個心理層面：無知和僞裝、恐懼和絕望。就無知和僞裝的層面而言，諾拉缺乏社會經驗，因此她不明白黑爾墨不正直，不了解她和柯羅斯塔一

樣犯了僞造罪，而且假裝不知道她和蘭克醫生在玩曖昧的遊戲。天眞的諾拉以爲丈夫對她的愛足以讓他不惜犧牲生命來保護她；以爲法律會同情弱女子的處境；以爲她和蘭克醫生可以持續地辨家家酒。當柯羅斯塔拿著諾拉假冒簽名的借據出現，他就像是闖進伊甸園的撒旦，破壞亞當和夏娃沾沾自喜的幸福感，使諾拉陷入極端的恐慌。諾拉擔心她的罪行曝光會連累丈夫，因此她想要自盡。在第二幕，柯羅斯塔知道諾拉的意圖後，他嚇唬她：「沉到冰冷、漆黑的水裡面？直到明年春天妳才浮起來，非常醜陋、無法辨認，因爲妳的頭髮脫落……」。之後，在最後一幕，諾拉也用「冰冷的黑水」表達尋死的決心；她想要以死來擺脫柯羅斯塔的威脅，以免丈夫爲她背黑鍋。所以，深不可測的黑水是諾拉陷於恐懼和絕望的心理圖像。

雖然黑爾墨意識到諾拉的恐懼，但是他沈浸在被擢升爲銀行經理的滿足感，不理會（或故意忽視）問題的嚴重性。從舞會回來，黑爾墨向諾拉細訴滿腔的情欲：「我用披肩圍著妳細緻、完美的肩膀和頸子，然後我假裝妳是我的新娘子……我充滿火辣辣的熱情」。黑爾墨用黑色大披肩圍住諾拉，不僅暗喻他對諾拉充滿占有欲和控制欲，也象徵黑爾墨的惡勢力籠罩著諾拉。諾拉嫁給黑爾墨後，與她婚前和父親相處的情況一樣，她沒有個人的意志和思想，凡事都順從丈夫的旨意。諾拉與黑爾墨「算總帳」時，她直言不諱：父親和丈夫控制她的思想，使她的人生一事無成。借據的風波平息後，黑爾墨仍然不懂得自我反省，反而想要「教育」諾拉。諾拉終於醒悟：她與黑爾墨的婚姻根本是一場騙局。一旦諾拉了解丈夫的虛僞和自私，她的女性自我意識也就覺醒。黑爾墨既然不是理想的丈夫，也就不值得諾拉繼續爲他犧牲自我。

女性的自我意識

現今的社會純粹是男性的社會，由男人制定法律，
其司法體制依據男性的觀點來判決女性的行爲，
在這個社會女人無法自己做主。

易卜生

挪威劇作家易卜生獨具匠心，尤其擅長女性深層心理的呈現。例如，在《海妲・蓋卜勒》（*Hedda Gabler*），高傲的海妲，因爲嫉妒，燒毀舊情人和女友費盡心力完成的原著手稿，藉此幫助平庸無能的丈夫踢開競爭對手。相反地，在《玩偶之家》，諾拉和克莉絲汀這對中學時期的好友，分開十年後依然坦誠相

見。諾拉幫助克莉絲汀爭取到銀行的工作，讓她不再顛沛流離；而克莉絲汀幫助諾拉取回借據，使她逃過身敗名裂的惡運。

易卜生的戲劇從法律、家庭和婚姻生活探討女人在父權社會如何自處。在十九世紀的社會，妻子必須經過丈夫的同意才能夠行使財產或不動產的權利，丈夫卻不需要經過妻子的同意。不論是在家庭或婚姻生活，女人都宛如男人的附屬品。所以，在《玩偶之家》女主角諾拉對父親和丈夫都百依百順，而男主角黑爾墨大言不慚地對太太說：「妳的美貌全部是我的。」為了迎合父親和丈夫，諾拉必須壓抑自己的想法和需求，甚至表現出楚楚可憐的模樣以博取丈夫的歡心，再藉機提出她的要求。表面上諾拉是養尊處優的少婦，卻暗地裡打零工賺取微薄的收入來還債。她向好友坦白：她在做抄寫的工作時，她覺得自己像男人。顯然，諾拉不自覺地渴望獨立自主，擺脫這種彷彿寄人籬下、沒有尊嚴的生活。相形之下，克莉絲汀是較為自由的女性。為了照顧家人，克莉絲汀拋棄前途無望的男

友，嫁給富商。丈夫過世後，她四處工作直到兩個弟弟可以獨立謀生。然而，一旦沒有人需要她，克莉絲汀就失去奮鬥的目標和意義。幸好，舊情人成爲她繼續奮鬥的目標。

有學者抱持樂觀的看法，認爲離家出走的諾拉會像克莉絲汀那樣勇敢地接受社會的挑戰。然而，不可否認，克莉絲汀的寡婦身分使她得到同情和協助。反觀諾拉，在當時保守的社會，拋夫棄子的女人必定會受到流言蜚語的攻擊；大多數的人會譴責諾拉是不守婦道的妻子和不負責任的母親，甚至質疑她的精神狀態。諾拉已經拿掉結婚戒指，但是她擺脫不了婚姻對她造成的束縛和影響。諾拉是否可以像克莉絲汀那樣堅強，勇敢地承受人們異樣的眼光和批評，自在地找到自我的價值？諾拉最後的黑色身影有很深的含義。究竟諾拉會絕望地沉入冰冷的黑水，或是甩掉黑色大披肩，快樂地奔向春天的藍色大海？

象徵的應用

在《玩偶之家》，舞台的佈景、道具、舞蹈、和服飾等方面也充分應用象徵的含義，與劇情的鋪陳和發展密切結合在一起，達到相輔相成的功效。分析如下：

廂型佈景

《玩偶之家》從頭到尾是同樣的廂型佈景：牆壁、窗戶、版畫、地毯、點燃的油燈和壁爐以及家具的擺設，使演員像是在一個眞實的房間裡生活。廂型佈景是黑爾墨的屋子，象徵他保守的個性和僵化的思想。另外，婚後的諾拉就像是被放在廂型遊樂室的玩偶，她的品味必須跟丈夫一樣，連吃甜食都受到丈夫禁止。因此廂型佈景也象徵諾拉受到婚姻的束縛，尤其是受到丈夫的控制。生活在愛情

的墳墓裡，她不僅失去個人的意志，連呼吸都感到困難。一場家庭風暴平息後，諾拉義無反顧地離去，留下黑爾墨獨自面對空虛。值得玩味的是，廂型佈景裡的黑爾墨與俄國作家契柯夫在《箱子裡的男人》（*The Man in a Case*）塑造的拜林柯夫有異曲同工之妙；這兩位男主角都是一板一眼、既保守又虛僞的沙文主義者。

聖誕樹

在聖誕節前夕柯羅斯塔拿出當年的借據威脅諾拉。他離去後，諾拉爲聖誕樹放裝飾品和插蠟燭，此時諾拉的內心極爲恐慌；她期盼奇蹟會出現，解除一觸即發的危機。聖誕夜過後，聖誕樹一片凌亂，樹枝上面的蠟燭頭已經燃盡。不再燦爛耀眼的聖誕樹，象徵諾拉的婚姻不再美好。

塔蘭台拉舞

塔蘭台拉舞（tarantella）是義大利南部的土風舞、極爲活潑的求偶舞，也用以治療毒蜘蛛舞蹈症或神經症的女患者。美艷的諾拉披著黑色大披肩跳塔蘭台拉舞，顯得既神秘又性感，連道貌岸然的黑爾墨都忍不住向諾拉坦承：她的舞步充滿誘惑，引起他的慾望。但是，對諾拉而言這是最後的狂歡；她使勁地跳塔蘭台拉舞，藉以發洩她的焦慮，暫時忘卻柯羅斯塔的威脅。實際上，節奏快速的塔蘭台拉舞呈現幾近瘋狂或崩潰的諾拉——她已經有自殺的念頭。諷刺的是，諾拉的舞蹈竟然勾起黑爾墨的情欲。這支求偶舞像一面後視鏡，反映出這對夫妻已貌合神離。其次，從舞會回來，諾拉出奇冷靜地看清楚丈夫是僞君子，也徹底了解自己是玩偶太太。彷彿塔蘭台拉舞釋放諾拉的心理束縛，使她茅塞頓開，因而獲得新生命。

油燈

在昏暗的房間裡蘭克醫生向諾拉吐露愛意，但是諾拉立即叫女傭把油燈拿進來。稍後諾拉問蘭克：「現在燈拿來了，你會不會覺得有些害臊？」顯然，諾拉藉這盞油燈表明兩人的關係不再曖昧。風中殘燭的蘭克暗戀美艷的諾拉，就像老朽的浮士德渴望傾國傾城的海倫；這兩個德高望重的醫師都妄想在愛情裡得到永恆。浮士德爲了占有海倫，甘心把靈魂交給魔鬼。而蘭克告訴諾拉：她可以控制他的身體和靈魂。雖然諾拉責備蘭克、拒絕他的愛情，但是她和蘭克仍然惺惺相惜，多年的友誼並未毀於一旦。換言之，這盞油燈不僅暗喻諾拉處理兩性關係時所展現的明智，也呈現她和蘭克籠罩在溫馨的氛圍裡，兩人有柏拉圖式戀情。

另一方面，點燃的油燈也象徵克莉絲汀帶給周遭的人信、望、愛；她不僅爲親人奉獻自己，也樂意爲朋友赴湯蹈火。在最後一幕，克莉絲汀坐在點著油燈的桌子旁邊，起初是等待柯羅斯塔，然後是等待黑爾墨夫婦回來。這樣的場景似乎在暗示克莉絲汀是守護者；實際上她是諾拉的救命恩人。在面對柯羅斯塔的威脅時，諾拉有自盡的念頭。當克莉絲汀了解到諾拉的危機，她立即出面和柯羅斯塔交涉。她的勇氣、眞誠和溫情深深打動柯羅斯塔，使他願意放棄借據，不再威脅黑爾墨夫婦。幸虧有克莉絲汀的見義勇爲和眞知灼見，諾拉躲過一場劫難，並且對自己的婚姻有一番深切的省思。

借據

八年前，諾拉用假冒簽名的借據向柯羅斯塔借錢。如今，柯羅斯塔遭到解雇，他決定用這張借據脅迫黑爾墨回復他的職位。無形中，借據變成這對夫妻的婚姻試金石。其實，這張借據是諾拉對丈夫用情至深的證明，但是黑爾墨不僅不知感恩，反而譴責她是罪犯，甚至不准她撫養子女。令人意外的是，柯羅斯塔

受到舊情人的感化，將借據寄還給諾拉。雖然最後這張借據只是讓黑爾墨虛驚一場，卻讓諾拉徹底認清丈夫的眞面目。

黑色斗篷

黑爾墨披著黑色斗篷而諾拉披著黑色大披肩從舞會回來。黑色象徵這對夫妻過著欺騙和隱瞞的婚姻生活。在借據事件被揭穿後，黑爾墨擔心他的形象和前程會受到影響，因而猛烈抨擊妻子和已故的岳父，卻不自覺地透露自己不爲人知的黑暗面，顚覆他剛正不阿的形象。當年黑爾墨挺身而出爲諾拉的父親解危，表面上他充滿正義感，實際上他包庇岳父的罪行。黑色斗篷暗喻黑爾墨的不公正、不道德、甚至邪惡。

黑色大披肩

在最後一幕諾拉圍著黑色大披肩回到廂型佈景。一方面，黑色暗示諾拉壓抑自己的個性並且隱藏秘密；另一方面，黑色也暗喻諾拉的婚姻蒙上陰影。當諾拉偽造文書的罪行被揭露時，她企盼丈夫會再度扮演英雄救美的角色。不料，黑爾墨竟然完全屈服於柯羅斯塔的惡勢力，並且將自己的軟弱歸咎於妻子的不道德。諾拉對丈夫感到絕望，她再也無法忍受與假面丈夫生活在一起。因此，諾拉毫不猶豫地拿掉結婚戒指，圍著黑色大披肩離開黑爾墨的屋子。圍著黑色大披肩的諾拉宛如黑寡婦，哀悼逝去的愛情和美夢。

人物分析

黑爾墨：即將走馬上任的銀行經理，對美貌的妻子有強烈的控制欲望。爲了維護形象，他不顧多年的交情將柯羅斯塔解雇。不料，柯羅斯塔握有他的妻子僞造簽名的借據。憂心自己的名譽和地位受影響，他苛責妻子且決定向柯羅斯塔屈服。妻子認清他的虛僞和自私自利，毅然決然地離開他。

諾拉：美艷的少婦，能歌善舞。她崇拜丈夫，對丈夫言聽計從。爲了讓丈夫出國養病，她向柯羅斯塔借錢，再暗地裡設法還債。一場家庭風暴使她意識到自己宛如寄人籬下的處境，也了解到丈夫並非她心目中的英雄，因而決定恢復單身，回老家找回自我的價值。

柯羅斯塔：聲名狼藉的律師。太太過世後，他獨自撫養孩子並且力圖振作。收到解雇通知，他決定利用諾拉的借據脅迫黑爾墨就範，否則與諾拉玉石俱焚。幸好舊情人的眞誠和善良打動他，使他懸崖勒馬，對人生充滿新希望。

克莉絲汀：諾拉的手帕交，柯羅斯塔的前女友，善於察言觀色。爲了照顧家人，她選擇與柯羅斯塔分手、嫁給商人。變成寡婦後，她勤奮地工作。由於她及時伸出援手，諾拉得以保住名節。也由於她的勇氣和智慧，她與柯羅斯塔重修舊好、攜手共度人生。

蘭　　克：單身、富有的醫師，黑爾墨夫婦的好友。由於他的父親早年生活糜爛，導致他從小體弱多病，因而憤世嫉俗。他暗戀諾拉多年，終於向她表白，卻遭到拒絕。更不幸的是，他將不久於人世。

安　　妮：年輕時遇人不淑、未婚懷孕。爲了生計，她將幼女交給別人照顧，獨自到諾拉的老家當奶媽。現在她是黑爾墨三個子女的保母。

人物表

黑爾墨——律師
諾拉——黑爾墨的太太
蘭克醫生
林太太（克莉絲汀）
柯羅斯塔（尼爾）
黑爾墨的三個子女
安妮——保母
海倫——女傭
送貨員

本劇的情節發生在黑爾墨的屋子裡。

第一幕

場景

一個舒適的房間，家具雅致而不奢華。

在舞台的背景牆上，右邊的門通往舞台入口的通道，左邊的門通往黑爾墨的書房。一架鋼琴放在兩扇門之間。左手邊的牆壁中央有一扇門，更遠處是窗戶。窗口有一張圓桌、一把扶手椅和一張小沙發。右手邊的牆壁末端也有一扇門，靠近舞台前景有壁爐、兩把扶手椅和一把搖椅；壁爐與這扇邊門之間有一張小桌子。牆上有版畫。一個陳列架擺放小瓷偶和小藝術品；一個小書櫃放精裝書。地板都鋪著地毯，壁爐的火在燃燒。

通道傳來門鈴聲，稍後聽到門打開的聲音。諾拉上場，自得其樂地低聲哼唱。她穿著外出服，提著許多包裹；她將這些包裹放在右邊的桌子上。通道的門敞開著，從這扇門可以看到送貨員將一棵聖誕樹和一個籃子交給女傭。

諾　拉：海倫，樹要藏好。等到晚上聖誕樹裝飾好了，才可以讓孩子們看。（對著送貨員拿出她的錢包）多少錢？

送貨員：五十。

諾　拉：給你一百，不用找。（送貨員向她道謝後走出去，諾拉將門關上。她脫掉帽子和外套，自得其樂地笑，從口袋拿出一包馬卡龍，吃了兩個；然後偷偷地走到丈夫的房門留神地聽。）沒錯，他在裡面。（她又哼著歌，走到右邊的桌子。）

黑爾墨：（從他的書房喊）是我的小雲雀在外面吱吱喳喳嗎？

諾　拉：（忙著打開幾個包裹）是，是你的小雲雀。

黑爾墨：是我的松鼠在窸窸窣窣嗎？

諾拉：是！

黑爾墨：我的松鼠什麼時候回家的？

諾拉：剛回來。（將整包馬卡龍放進她的口袋，並且擦拭她的嘴角。）爾墨，過來，看我買了什麼東西。

黑爾墨：不要打擾我。（稍後他開門，朝這個房間觀看，手握著筆。）妳是說，買了？那邊全部都是？小敗家女又出去亂花錢了？

諾拉：哦！可是，爾墨，今年我們眞的可以隨心所欲一下。這是我們第一次不必精打細算地過聖誕節。

黑爾墨：可是，妳知道我們不可以亂花錢。

諾拉：哦！爾墨，現在我們可以亂花一點點錢。不行嗎？就那麼一點點。

你就要有一大筆薪水了，而且會賺很多、很多的錢。

黑爾墨： 對！元旦以後。但是要等整整三個月才會公布加薪。

諾拉： 噗！那段時間我們可以借錢。

黑爾墨： 諾拉！（走過來，開玩笑地擰她的耳朵。）妳的腦袋又不靈光了？假設今天我借了十萬，而妳在聖誕節這幾天就把錢花光了，然後在除夕夜一塊屋瓦掉下來砸到我的頭，我倒地不起……

諾拉： （雙手摀住他的嘴）唉！不要烏鴉嘴。

黑爾墨： 好，可是如果發生那種事，那會怎麼樣呢？

諾拉： 如果發生這麼可怕的事情，那麼我有沒有負債就無關緊要了。

黑爾墨： 沒錯，但是借錢給我的那些人怎麼辦？

諾拉：他們？誰在乎他們？他們是陌生人。

黑爾墨：諾拉，諾拉，女人就是女人！言歸正傳，諾拉，妳知道我對借錢的看法。不准賒帳！絕不貸款！一旦依賴貸款和賒帳過日子，家就失去自由和美好。到目前爲止我們兩個一直勇敢地堅持不負債，短期內我們會繼續過這樣的生活。

諾拉：（走向壁爐）好吧，爾墨，隨你高興。

黑爾墨：（跟著她走）喂，喂，小雲雀不可以垂頭喪氣。好啦，小松鼠不要鬧彆扭。（拿出他的皮夾子）諾拉，妳猜我這裡有什麼。

諾拉：（快速地轉身）錢！

黑爾墨：拿去吧。（給她鈔票）哎呀，我知道，過聖誕節家裡的開銷會增加。

諾　拉：（數錢）一、二、三、四、五！噢，爾墨，謝謝你；這筆錢可以讓我用很久。

黑爾墨：妳一定要用很久。

諾　拉：是、是，我答應你，會用很久！過來看我買的東西。都很便宜！你看，這套新衣服和一把劍給艾華。馬和喇叭給小布。洋娃娃和洋娃娃床給艾美；都很普通，反正她一下子就會把東西弄壞。這些布料和手帕給女傭；我必須買更好的東西給老安妮。

黑爾墨：那邊那一包裡面是什麼？

諾　拉：（尖叫）爾墨，不行！晚上你才可以看那一包。

黑爾墨：我知道了。告訴我，小敗家女，妳自己想要什麼？

諾　拉：我自己？哦！我什麼都不缺。

黑爾墨：妳當然有需要。告訴我妳最想要的東西，價錢合理的。

諾　拉：我眞的不知道。哦，爾墨……

黑爾墨：怎麼樣？

諾　拉：（撫弄他的外套鈕釦，沒有看著他。）如果你想要給我東西，那麼或許你可以——你可以……

黑爾墨：快點，從實招來。

諾　拉：（快速地）爾墨，你可以給我錢。你能給多少就給多少，那麼這幾天的某一天我會用這筆錢買東西。

黑爾墨：諾拉……

諾拉：噢！親愛的爾墨，拜託，給我錢！我求你，給我錢。然後我會用亮晶晶的紙把帳單包起來掛在聖誕樹上。那是不是很好玩呢？

黑爾墨：老是在撒錢的小傢伙叫做什麼？

諾拉：哦！我知道，散財童子。可是，爾墨，你就順我的意，給我錢；那麼我就有時間決定我真正最需要的東西。這麼做很明智，對吧？

黑爾墨：（微笑）對，如果妳真的牢牢地守住我給妳的錢，而且真的用來買妳需要的東西，那就很明智。但是，如果妳把錢全部花在家用，買一大堆可笑的東西，那麼我就必須再掏腰包。

諾拉：噯！爾墨……

黑爾墨：我親愛的小諾拉，不要否認。（摟著她的腰）小敗家女很甜美，但是她們的花費很驚人。很不可思議，男人養小雲雀要花這麼多錢。

諾　拉：噢！你怎麼講這種話！我確實竭盡所能地節省。

黑爾墨：（大笑）是，說得對。竭盡所能。但是妳根本什麼都不會省！

諾　拉：（低聲哼唱，暗自得意地微笑。）嗯，爾墨，你根本不知道我們雲雀和松鼠有多少開銷。

黑爾墨：妳是個鬼靈精，跟妳的父親一模一樣。妳總是有辦法張羅到錢，但是妳一拿到錢，錢就從妳的手指縫消失了。妳從來不知道錢用到哪裡去了。好吧，我必須接受妳的本性。這是天生的。諾拉，千真萬確，這些特質會遺傳。

諾　拉：唉！我眞希望我能夠遺傳爸爸的許多特質。

黑爾墨：我甜美的小雲雀，我只希望妳保持妳的本性。可是等一下，我覺得妳看起來一副——我該怎麼說呢？——一副做賊心虛的樣子。

諾　拉：是嗎？

黑爾墨：妳看起來確實很可疑。眼睛看著我。

諾　拉：（注視他）怎麼樣？

黑爾墨：（晃動食指表示責備）愛吃甜食的小妞，今天沒有在市區違規吧？

諾　拉：沒有。你怎麼會這麼想？

黑爾墨：妳眞的沒有繞一點路進去烘焙店？

諾　拉：沒有，爾墨，你放心……

黑爾墨：沒有一小口、一小口地吃蛋糕？

諾　拉：沒有，完全沒有。

黑爾墨：也沒有大口地咀嚼一、兩個馬卡龍？

諾　拉：沒有，爾墨，你放心，眞的……

黑爾墨：好啦，好啦。我當然只是在開玩笑。

諾　拉：（走到右邊的桌子）你知道我絕對不會想要違背你。

黑爾墨：哦！我了解；而且妳答應過我。（靠近她）好吧，親愛的，把妳的聖誕節小秘密放在心裡。今晚聖誕樹點亮了，我相信所有的秘密都會揭曉。

諾　拉：你記得邀請蘭克醫生嗎？

黑爾墨：沒有。也沒必要；反正他都會跟我們吃晚餐。不過，今天他來串門子的時候我會邀請他。我訂了一些好酒。諾拉，妳無法想像，我多麼期待今夜。

諾　拉：我也很期待。爾墨，孩子們會玩得多開心啊！

黑爾墨：啊！有一份穩定的工作，加上一筆可觀的收入，令人滿意極了。很大的滿足感，不是嗎？

諾　拉：喔，太完美了！

黑爾墨：妳記得去年的聖誕節嗎？之前整整三個禮拜，每天晚上妳把自己關在房間裡直到三更半夜，做聖誕樹的假花以及各種裝飾品，想要給我們驚喜。哎！那是我有生以來最無趣的三個禮拜。

諾　拉：我不覺得無趣。

黑爾墨：（微笑）可是，諾拉，結果慘不忍睹啊。

諾　拉：噢！你不要又拿那件事來嘲笑我。那隻貓跑進來把所有的東西撕爛，我哪有辦法阻止。

黑爾墨：是，眞可憐，妳當然阻止不了。妳想要讓全家人快樂，這份心意最可貴。幸好，艱苦的日子結束了。

諾　拉：是啊，眞的很美好。

黑爾墨：這一次我不必枯坐在這裡感到無聊透頂；妳也不必累壞寶貴的眼睛和細嫩的手指……

諾　拉：（拍手）喔，眞的嗎？爾墨，我再也不必辛苦了？喔，聽你這麼說，眞開心！（抓著他的手臂）爾墨，我要告訴你，我一直在想我們該如何計畫。過完聖誕節——（門鈴響）噯，有人按門鈴。（她整理一下房間）竟然會有人來。眞討厭！

黑爾墨：妳別忘了，我不會客。

女傭：（在通道出入口）夫人，一位女士要見您……

諾拉：好，讓她進來。

女傭：（對著黑爾墨）醫生也來了。

黑爾墨：他直接到我的書房嗎？

女傭：是。（黑爾墨進入他的房間。女傭讓林太太進來，隨後關門。）

林太太：（無精打采又略微遲疑的嗓音）諾拉，好久不見。

諾拉：（疑惑的）妳好……

林太太：妳不認得我。

諾拉：很抱歉——我覺得妳很面熟，可是我想不起來——（大喊）啊！克莉絲汀！眞的是妳？

林太太：是，是我。

諾拉：克莉絲汀！想不到我居然沒有認出妳！可是我怎麼可能不認得妳？（柔和地）克莉絲汀，妳變很多！

林太太：哦！我確實變了。我們分開九或十年了。

諾拉：我們已經這麼久沒見面！我想也是。噢！過去這八年來我過得很幸福，不騙妳。現在妳也來到城裡。在冬天長途跋涉，妳眞有勇氣。

林太太：早上我才搭船到這裡。

諾拉：聖誕節當然要玩樂一下。喔，眞高興！我們會玩得很開心。哦，脫

掉外套。妳還覺得冷嗎？（幫她）好，我們到壁爐旁邊歇歇腳。不，坐那邊的扶手椅！我坐這把搖椅。（握住她的雙手）哦！現在妳又恢復老樣子了，剛才只是一瞬間不認得妳。克莉絲汀，妳比較蒼白，或許瘦了一些。

林太太：諾拉，我老了很多。

諾拉：哦！妳只是有些憔悴，根本沒有很老。（突然停下來，變嚴肅。）噢，我實在很失禮，坐在這裡喋喋不休地說話。克莉絲汀，妳能原諒我嗎？

林太太：諾拉，妳在說什麼？

諾拉：（溫柔地）可憐的克莉絲汀，妳變成寡婦。

林太太：對，三年前的事。

諾　拉：噢，我知道；我在報紙上看到消息。噢！克莉絲汀，妳一定要相信我；當時我常想到要寫信給妳，可是一直沒有付諸行動，總會有事情阻撓我。

林太太：諾拉，我完全了解。

諾　拉：不，我太差勁了。克莉絲汀，妳眞可憐，妳一定吃了很多苦。他沒有任何遺產嗎？

林太太：沒有。

諾　拉：沒有子女？

林太太：沒有。

諾　拉：一無所有了？

林太太：連失落感都沒有。

諾　拉：（以懷疑的眼光注視她）克莉絲汀，怎麼可能？

林太太：（疲憊地微笑，撫平她的頭髮。）唉！諾拉，有時候會發生這種事。

諾　拉：所以妳孤零零的，妳一定很不好過。我有三個可愛的孩子。現在妳看不到他們，他們跟保母出去了。現在妳一定要告訴我所有的事情……

林太太：不、不、不，我要聽妳的事情。

諾　拉：不，妳先講。今天我不要自私；今天我要關心妳。可是有件事我一定要告訴妳。妳有聽說我們最近非常走運嗎？

林太太：沒有，是什麼事情？

諾　拉：簡直想像不到，我老公已經當上銀行經理！

林太太：妳老公？好神奇！

諾　拉：很神奇吧？妳知道，律師的收入很不穩定，尤其是如果不願意接有道德瑕疵的案子；當然爾墨絕對不碰那種案子，我完全同意他的做法。不騙妳，我們真的很開心！新年他就要到銀行任職，就會有一大筆薪水和很多的佣金。從此我們可以過截然不同的生活——我們可以隨心所欲。喔，克莉絲汀，我覺得很輕鬆、很快樂！有一大堆鈔票而且無憂無慮，是不是很美好？

林太太：哦，不管怎樣，有足夠的錢買必需品就很開心了。

諾　拉：不，不只是必需品，還要有一疊又一疊的鈔票！

林太太：（微笑）諾拉，諾拉，妳還沒有覺悟嗎？在我們的學生時代，妳是惡名昭彰的敗家女。

諾　拉：（文靜地笑）是啊，剛剛爾墨就是這樣講。（晃動食指）但是「諾拉，諾拉」沒有你們想像的那麼愚蠢。我還沒有機會可以亂花錢；我們兩個都必須工作。

林太太：妳也要工作？

諾　拉：對，打零工——縫紉、打毛線、刺繡，諸如此類——（漫不經心地）還有別的工作。爾墨在我們結婚的時候離開政府的部門，妳記得吧？那邊沒有升遷的指望，但是他當然要賺更多的錢。婚後的頭一年他強迫自己拼命工作。為了賺各種外快，他從早忙到晚。但是他累壞了，病得很嚴重；醫生說他必須到南部。

林太太：你們在義大利待了一整年，對吧？

諾　拉：對。妳知道，出國不是一件容易的事。艾華才剛出生，但是我們勢在必行。喔，那是非常美好的旅行，而且救了爾墨的命。但是龐大的費用很驚人。

林太太：我可以想像。

諾　拉：花掉四十八萬。眞的是很大一筆錢。

林太太：妳有一筆錢可以應急，眞幸運。

諾　拉：哦！事實上我們從爸爸那兒拿到錢。

林太太：原來如此。令尊就是那時候過世的。

諾　拉：對，就是那時候。妳知道，爲了照料爸爸，那趟旅行無法成行。我必須待在這裡，小艾華就要出生，而且我還要照顧我病懨懨的老公。克莉絲汀，我再也見不到我最親愛的爸爸。唉！結婚以來，那段時間我最難過。

林太太：我知道妳很愛妳爸爸。然後你們就動身到義大利？

諾　拉：對。我們已經有旅費，而且醫生一再地催促我們。所以一個月後我們就出發了。

林太太：妳老公就完全康復地回來？

諾　拉：壯得像牛！

林太太：但是——那位醫生？

諾　拉：誰？

林太太：我以爲女傭說跟我一起進來的那個人是醫生。

諾　拉：哦，那是蘭克醫生，但是他不是來看病。他是我們最親近的朋友，每天至少會順路進來一趟。哦，從義大利回來之後，爾墨連一個噴嚏都沒打過，我和孩子們也都很健壯。（跳起來拍手）喔，天啊！克莉絲汀，快樂的活著眞是美好！哎！我太差勁了，我一直在說我自己的事情。（坐到克莉絲汀身邊的凳子，雙手交抱膝蓋。）噢，妳不要生我的氣。告訴我，妳眞的不愛林德嗎？那麼，妳爲什麼嫁給他？

林太太：那時候我的母親臥病在床而且生活無法自理，我還要照顧兩個弟弟。憑良心說，我沒有理由拒絕他的求婚。

諾　拉：是，妳說得對。那時候他很有錢吧？

林太太：我相信他很富有。但是他的生意時好時壞。他死的時候，生意全都垮了，沒有留下任何財產。

諾拉：然後呢？

林太太：哦，所以我不得不自己努力謀生，一個小店面和兼任教師，有工作就去做。過去這三年來我像個陀螺，不停地轉動，毫無喘息的機會。諾拉，現在我不必辛苦了。我可憐的母親不需要我，因爲她過世了。兩個弟弟再也不再需要我；他們已經有工作，可以照顧自己。

諾拉：妳一定覺得很自由……

林太太：不——我只感到難以形容的空虛。我的人生不再有目標。（焦慮地站起來）因此，我再也無法忍受在死氣沉沉的小鎮生活。或許在這裡會比較容易找到事情做，讓我忙碌不致於胡思亂想。眞希望我能夠有這種好運，找到穩定的工作，辦公室職員之類的……

諾　拉：哎！克莉絲汀，那種工作會累死人，而且妳看起來已經很疲憊。妳最好離開，到某個溫泉度假勝地。

林太太：（走到窗口）諾拉，我沒有父親給我旅費。

諾　拉：（站起來）噢！不要生我的氣。

林太太：（走向她）諾拉，妳不要介意。像我這種處在生命幽谷的人，很容易變得尖酸刻薄。沒有奮鬥目標，卻不得不抓住各種機會。人必須過活，人就會變得自私。當妳告訴我你們走運了，我感到高興，其實我是爲自己的利益在打算，妳知道嗎？

諾　拉：怎麼會這樣？啊！我明白了。妳認爲或許爾墨可以安排工作給妳。

林太太：對，那正是我的想法。

諾　拉：克莉絲汀，他會的！這件事包在我身上；我會很有技巧地帶出這個話題，想辦法讓他心花怒放。噢！我多麼想要幫助妳。

林太太：諾拉，謝謝妳這麼關心我，妳眞好！尤其是妳自己沒吃過什麼苦，妳的惻隱之心加倍可貴。

諾　拉：我？我沒吃過苦？

林太太：（微笑）哎唷，我的天啊！一點點縫紉那類的事情——諾拉，妳只是個孩子。

諾　拉：（甩頭，在房間踱步。）妳不必裝得一副很神氣的樣子。

林太太：喔？

諾　　拉：妳和其他人一樣。你們都認爲我沒有能力做正經事……

林太太：哎呀——

諾　　拉：你們都認爲我從來不必面對這個現實的世界。

林太太：諾拉，剛才妳已經在告訴我妳所有的煩惱。

諾　　拉：哼！那些是瑣事！（輕聲地）我還沒有告訴妳重大的事情。

林太太：重大的事情？妳的意思是什麼？

諾　　拉：克莉絲汀，妳不該這麼瞧不起我。爲了妳的母親，妳長期地拼命工作，妳就感到驕傲。

林太太：我沒有輕視任何人。不過，妳說得對，想到我能夠讓我的母親無憂無慮地過完她的人生，我感到驕傲和慶幸。

諾　拉：想到妳爲弟弟的付出，妳也感到驕傲。

林太太：我認爲我有理由驕傲。

諾　拉：我同意。克莉絲汀，聽我說——我也有值得驕傲和慶幸的事情。

林太太：我相信。但是妳指的是什麼事情？

諾　拉：不要這麼大聲。要是爾墨聽到了，那可不得了！無論如何絕對不能讓他知道。克莉絲汀，除了妳，任何人都不可以知道。

林太太：究竟是什麼事情？

諾　拉：過來。（拉她坐在她身邊的沙發上）這是眞的，我也有值得驕傲和慶幸的事情。是我救了爾墨的命。

林太太：救——？怎麼救？

諾　拉：我跟妳說過我們到義大利旅行。如果爾墨沒有到南部，他可能永遠都不會康復。

林太太：當然，令尊給你們金錢……

諾　拉：（微笑）那是爾墨和所有其他人的想法，但是……

林太太：但是——？

諾　拉：爸爸一毛錢也沒有給我們。是我設法弄到那筆錢。

林太太：妳？全部的金額？

諾　拉：四十八萬元。妳覺得怎麼樣？

林太太：可是，諾拉，那怎麼可能？妳是不是中樂透了？

諾　拉：（輕蔑地）中樂透？噗！那根本不需要本領。

林太太：那麼妳從哪裡得到那筆錢？

諾　拉：（哼歌而且笑得很神秘）哼！塔—啦—啦—啦！

林太太：妳不可能借到那筆錢。

諾　拉：不可能？爲什麼不能？

林太太：沒有丈夫的同意，妻子不能貸款。

諾　拉：（甩頭）喔，可是妻子有做生意的頭腦，懂得要一點點手段……

林太太：諾拉，我完全不懂……

諾　拉：妳不必懂。有誰說我借那筆錢？或許我用別的方法得到錢。（向後靠在沙發上）或許某個仰慕者給我錢。畢竟，像我這樣嫵媚動人的女子……

林太太：妳瘋了。

諾　拉：克莉絲汀，我敢說，妳巴不得馬上知道眞相。

林太太：諾拉，注意聽我說，妳是不是有些魯莽？

諾　拉：（坐直身子）救丈夫的命是魯莽嗎？

林太太：我覺得妳魯莽，沒有讓他知道就……

諾　拉：問題是，他絕對不可以知道！我的天啊，妳不明白嗎？他絕對不可以知道他快沒命了。醫生私下對我說他的生命有危險，到南部居住是救他的唯一方法。妳以爲我沒有採取對策嗎？我先告訴他：我很渴望跟其他的少婦一樣到國外旅行。我對他用淚水的攻勢；我告訴他：要記得我是孕婦，他必須寵愛我。然後我暗示他，貸款很容易。可是，克莉絲汀，一聽到貸款，他就氣炸了。他說我很輕浮，身爲一家之主他有責任不縱容我的異想天開和任性——他這樣子罵我。我想，啊哈！那麼你只好讓我來救你；於是我逮到機會。

林太太：令尊不曾告訴爾墨，那筆錢不是他給的？

諾　拉：對，從來沒有。爸爸就是在那個時候過世。原本我考慮要讓爸爸知道我的秘密，並且拜託他絕對不要洩露。但是爸爸病得很嚴重——然後，很遺憾，無所謂了。

林太太：妳至今都不曾跟妳的老公吐露這個秘密？

諾　拉：天啊！妳在開玩笑嗎？他對錢的事情那麼嚴謹！況且，要是爾墨知道他虧欠我，因爲他的男性尊嚴，他會很痛苦、很受屈辱。那只會破壞我們的關係，我們美好、幸福的家庭就會永遠變了樣。

林太太：妳永遠都不告訴他嗎？

諾　　拉：（沈思地，似笑非笑。）哦，或許在很多年以後，我不再這麼嫵媚動人。不要笑！我的意思是，當爾墨不再像現在這樣愛我；當他不再喜歡我的舞蹈、歌唱以及打扮；那麼我的手中最好有一張王牌——（中斷）眞荒謬！那種事永遠不會發生。嘿！克莉絲汀，妳對我的大秘密有什麼看法？我也有做事的能力，嗯？妳當然可以想像，這件事讓我坐立難安。準時還債眞的很不容易。做生意的有所謂三個月付一次利息和分期償還，應付這些債務總是困難重重。我不得不這裡省一點，那裡摳一些，能省的地方我就省。我幾乎無法縮減家庭的開銷，因爲爾墨一定要過得很舒適，而且我不能讓我的小寶貝穿得很寒酸。他給孩子的費用，我覺得我必須將這筆錢全部用在孩子的身上。

林太太：可憐的諾拉，所以妳必須用妳自己的開銷去還債？

諾　拉：當然。畢竟我是債務人。每一次爾墨給我錢買新衣服之類的，我不曾花超過一半的錢；我總是買最簡單、最便宜的服裝。謝天謝地，我穿什麼衣服都好看，所以爾墨從未察覺到。但是偶爾我會感到很煎熬；克莉絲汀，誰不想穿時髦的衣服呢？

林太太：喔，當然。

諾　拉：然後我找到別的方法賺錢。去年冬天我很幸運，有很多抄寫的工作。每天晚上我把自己鎖在房間裡，坐著寫字直到深夜。噯！我經常筋疲力盡，累死了。但是像那樣子坐著工作、賺錢，仍然樂趣無窮。簡直像在當男人。

林太太：妳已經還清多少債務？

諾　拉：我無法告訴妳正確的數字。妳知道的，那種帳目很難計算。我只知道，我能夠節省的每一分錢都支付了。好多次我不知道哪裡可以弄到錢。（微笑）那時候我就會坐在這裡，幻想一個很有錢的老頭子愛上我……

林太太：什麼！他是誰？

諾　拉：哦！八字還沒一撇。我幻想他已經死了，他的遺囑清楚寫著：「我全部的財產立即兌現給那位迷人的黑太太諾拉。」

林太太：諾拉，那個老頭子是誰？

諾　拉：哎呀，妳不明白嗎？根本沒有老頭子；那只是我一再幻想的事情，每當我絞盡腦汁卻弄不到錢的時候。現在無所謂了；我不在乎這個死老頭會怎麼樣，我也不需要他的遺囑，因爲我自由了。（跳起來）啊！克莉絲汀，想到就很舒暢！無憂無慮！自由自在！可以陪孩子們打鬧和玩耍；可以支撐美好又迷人的家；一切都讓爾墨感到歡喜！想想看，就要春天了，有一大片的藍天。或許我們會有短程的旅行，或許我會再度看到大海！喔！快樂的活著是這麼美好！

（前門的門鈴響）

林太太：（站起來）有人按門鈴。或許我該走了。

諾拉：不，別走。沒有人會來這裡。一定是找爾墨的。

女傭：（在通道的門口）抱歉，夫人，一位男士要見經理，可是醫生跟經理在談話，我不知道……

諾拉：那位男士是誰？

柯羅斯塔：（在門口）黑太太，是我。

（林太太嚇一跳，轉向窗口。）

諾　　拉：（走向他，很緊張，壓低嗓音說話。）你？有什麼事？你爲什麼要找我先生講話？

柯羅斯塔：銀行的業務——勉強算是。我是信託銀行的小職員，我聽說妳先生就要當我們的主管……

諾　　拉：那麼，你有什麼事？

柯羅斯塔：黑太太，只是一般的公務，沒有別的事情。

諾　　拉：哦！那麼麻煩你到書房。（她冷淡地點頭，目送他走出通道的門，然後她回來撥動壁爐的柴火。）

林太太：諾拉，那個人是誰？

諾　　拉：柯羅斯塔律師。

林太太：真的是他。

諾　拉：妳認識這個人？

林太太：以前認識——許多年前。他曾經在我們鎮上的法律事務所工作。

諾　拉：沒錯，他一直在當書記。

林太太：他變很多。

諾　拉：我知道他的婚姻不美滿。

林太太：他的太太過世了。

諾　拉：有幾個孩子。好啦，火燒起來了。（她關上壁爐的門，將搖椅稍微移到一旁。）

林太太：聽說他做很多種生意。

諾　拉：喔？說不定是眞的；我根本不知情。我們不要談生意的事情。很無趣。

（蘭克醫生從黑爾墨的書房上場）

蘭　克：（還站在門內）不、不，眞的，我不打擾你，我寧可找你的夫人聊一下。（關門，然後注意到林太太。）哦，抱歉！我也打擾到妳們。

諾　拉：不，不會。（介紹他）蘭克醫生，她是林太太。

蘭　克：哎呀！久仰大名。剛才我進來的時候，在樓梯間與您擦身而過。

林太太：哦！我走樓梯很慢。我爬樓梯會很難受。

蘭　克：啊！是身體的毛病嗎？

林太太：我應該是過勞。

蘭　克：沒有別的毛病？那麼妳很可能是到這個城市來跑趴，得到充分的休息？

林太太：我來這裡找工作。

蘭　克：那是過勞最好的療法嗎？

林太太：醫生，人一定要過活。

蘭　克：沒錯，一般人對工作有偏見。

諾　拉：哎呀！蘭克醫生，你自己確實渴望過有意義的生活。

蘭　克：是，我眞的很渴望。雖然我很悲慘，我仍然很樂意無限期地延長我的痛苦。我所有的病人都是這副德性。那些有道德瑕疵的人也完全一樣。此時此刻其中一個敗德者和黑爾墨在一起——

林太太：（輕聲地）啊！

諾拉：你在說誰？

蘭克：哦，柯羅斯塔律師，妳不會跟這種人打交道。他壞到無可救藥。但是連他也開始鄭重其事地談論：他必須過有意義的生活。

諾拉：喔？他要找爾墨談什麼呢？

蘭克：我真的不知道。我只聽到跟銀行有關。

諾拉：不曉得柯羅——這個叫柯羅斯塔的跟銀行有什麼關係。

蘭克：有，他在那邊有某種職位。（對著林太太）不曉得妳的生活圈子是否也有這種人，他們氣喘吁吁地四處奔走，嗅出腐敗的氣息，然後

用策略將當事人調到某個重要的職位，以便從中監視他。現今，正直的人被打入冷宮。

林太太：病人仍然是最需要被接納的人。

蘭克：（聳一下肩膀）哦！我們找到答案了。就是這種觀念使社會變成療養院。

（諾拉一直沈浸在她的思緒，突然忍俊不禁而失笑並且拍手。）

蘭克：妳爲什麼笑？社會是什麼，妳眞的有概念嗎？

諾拉：我爲什麼要在乎煩死人的社會？我在笑截然不同的事情，非常好笑的事情。告訴我，醫生，銀行全部的職員現在都要仰賴爾墨嗎？

蘭克：妳覺得這件事這麼好笑？

諾　拉：（微笑而且哼歌）沒關係，沒關係！（在房間踱步）對，眞的非常有趣，我們——爾墨現在有這麼大的權力管所有的人。（從她的口袋拿出小包）蘭克醫生，吃一些馬卡龍慶祝一下？

蘭　克：妳看看，馬卡龍！我以爲這裡禁止吃馬卡龍。

諾　拉：沒錯，但是這些是克莉絲汀給我的。

林太太：什麼？我？

諾　拉：哎呀，別擔心。妳不可能知道爾墨禁止吃馬卡龍。妳明白，他擔心馬卡龍會毀掉我的牙齒。但是，請幫幫我！就破例一次！蘭克醫生，是不是這樣啊？請用！（將馬卡龍放入他的嘴）克莉絲汀，妳也吃一個。我也要吃一個，頂多兩個。（又走來走去）我眞的非常快樂。現在只剩下一件最不可能做的事情，我非常想要做。

蘭克：喔！是什麼事情？

諾拉：那是我非常想要講的事情，那麼爾墨就有可能認眞地聽。

蘭克：爲什麼妳不能說出來？

諾拉：我不敢；那很令人震驚。

林太太：令人震驚？

蘭克：哦，那麼妳最好不要說出來。可是，妳當然可以跟我們當面說。是什麼事情妳非常想要講，那麼爾墨就有可能認眞地聽呢？

諾拉：我非常想要說——該死，他媽的！

蘭克：妳瘋了嗎？

林太太：我的天啊，諾拉！

蘭　克：說出來吧。他來了。

諾　拉：（把馬卡龍藏起來）噓、噓、噓！

（黑爾墨從書房走進來，手拿著帽子，大衣放在手臂上。）

諾　拉：（走向他）哦！爾墨，你已經擺脫他了？

黑爾墨：對，他剛走。

諾　拉：讓我來介紹——這位是克莉絲汀，她剛到城裡。

黑爾墨：克莉絲汀？抱歉，我想我不認識……

諾　拉：親愛的，克莉絲汀就是林太太。

黑爾墨：啊，眞的！妳是我老婆小時候的朋友，對吧？

林太太：對，我們從小就認識。

諾　拉：簡直難以想像，爲了見你一面，她千里迢迢來到這裡。

黑爾墨：妳在說什麼？

林太太：喔！不完全是……

諾　拉：你知道，克莉絲汀很擅長辦公室的工作，她非常渴望在某個英明的男人手下工作，以便增進她的……

黑爾墨：很明智，林太太。

諾　拉：她一聽到你當上銀行經理——這個消息是用電報通知的——她就火速來到這裡。爾墨，看在我的份上，你可以爲克莉絲汀做一些安排嗎？

黑爾墨：喔！那並非不可能。林太太，請問妳現在是單身嗎？

林太太：是。

黑爾墨：有辦公室的工作經驗？

林太太：有，相當多。

黑爾墨：好吧，我很可能爲妳安插一個工作。

諾　拉：（拍手）妳看吧，妳看吧！

黑爾墨：林太太，妳來得眞巧。

林太太：哦！我該如何向你道謝？

黑爾墨：不需要。（穿上他的大衣）但是現在我必須告退……

蘭　克：等一下，我跟你一起走。（他到通道拿外套，在壁爐旁邊把外套烘熱。）

諾拉：親愛的，別去太久。

黑爾墨：不會超過一個小時。

諾拉：克莉絲汀，妳也要走了？

林太太：（穿上她的外套）是，我必須找一個房間。

黑爾墨：那樣的話，我們可以一起走。

諾拉：（幫她）眞可惜，我們這裡很擁擠，我們根本不可能……

林太太：噢！請不要這樣子想。諾拉，謝謝妳的幫忙，再見。

諾拉：暫時告別了。今晚妳當然要再來。蘭克醫生，你也是。什麼？如果你安然無恙？噢！你一定會很健康的。穿暖和些。

（他們七嘴八舌地走到通道出入口；樓梯間傳來孩子們的聲音。）

諾　拉：他們回來了！他們回來了！（她跑去開門。孩子們和保母一起走進通道。）進來！進來！（彎腰親吻孩子）喔！我的心肝寶貝。克莉絲汀，妳看看他們，是不是很可愛啊？

蘭　克：不要在風口逗留。

黑爾墨：走吧，林太太，這個風口只有當媽媽的受得了！

（蘭克醫生、黑爾墨、與林太太下樓。保母和孩子們進入這個房間。諾拉跟著進來，隨後關門。）

諾　拉：你們的氣色眞好！喔！你們的臉頰紅通通，像蘋果和玫瑰花。（在下面的談話，孩子們不斷地插嘴。）你們玩得很開心？好極了。眞的？艾美和小布坐雪橇，你一次拉兩個？很棒啊！對，艾華是聰明的小男生。哦！安妮，我來抱她一下。我可愛的小玩偶娃娃！（從保母的手中將最小的孩子抱起來，和小孩跳舞。）好、好，媽媽也和小布跳舞。什麼？你們扔雪球？喔！眞希望我也在那兒。不！安妮，不用麻煩，我會幫他們脫衣服。哦！讓我來。脫衣服很好玩。進去休息吧，妳看起來快凍僵了。壁爐上面有熱咖啡給妳喝。（保母走進左邊的房間。諾拉脫掉孩子們的外套，把衣物扔了一地，孩子們七嘴八舌地跟她說話。）眞的？一隻大狗追你們？但是牠沒有咬你們？不會，狗不會咬可愛的小玩偶娃娃。艾華，不可以偷看包裹！那是什麼東西？喔，你們不想知道嗎？不是，不是，那是很醜的東西。怎麼樣？我們要玩遊戲嗎？我們要玩什麼呢？躲貓貓？好，我們來玩躲貓貓。小布先躲起來。我必須躲起來？好，我先躲起來。（她和孩子們大笑又大叫，在客廳和右邊的房間又進又出地玩耍。最後諾拉躲在桌子下面。孩子們衝進來尋找，但是看不到她，然後他們聽到她捂著嘴笑，衝向桌子、掀起桌布，發現她。一陣大笑。她爬出來，假裝要嚇他們。又是一陣大笑。這時候通道傳來敲門聲，但是他們都沒有注意到。門半開著，柯羅斯塔出現。他等了一下；遊戲繼續進行。）

柯羅斯塔：抱歉，黑太太……

諾　　拉：（忍住尖叫聲，轉頭、爬起來跪著。）啊！你有什麼事？

柯羅斯塔：抱歉。外門半開著；一定是有人忘記關門……

諾　　拉：（站起來）柯先生，我丈夫出去了。

柯羅斯塔：我知道。

諾　　拉：喔——那麼你在這裡有什麼事？

柯羅斯塔：跟妳談一談。

諾　　拉：跟我？（對著孩子們，輕聲地。）進去找安妮。什麼？不會，這個陌生人不會傷害媽媽。一旦他走了，我們會玩更多的遊戲。（她哄孩子們進入左手邊的房間，隨後關門。然後，神經緊張的。）你要跟我說話？

柯羅斯塔：對，我要跟妳說話。

諾　　拉：今天？可是初一還沒到……

柯羅斯塔：沒錯，今天是聖誕節前夕。妳的聖誕節會不會快樂，妳自己決定。

諾　　拉：你要做什麼？今天我絕對不可能……

柯羅斯塔：稍後再談那件事。這是不同的事情。妳可以給我一點時間吧？

諾　　拉：哦！是，我當然可以，除了……

柯羅斯塔：好。我坐在對面的歐森飯店，看到妳的丈夫走在街上……

諾　　拉：哦？

柯羅斯塔：跟一位女士。

諾　　拉：是。怎麼樣？

柯羅斯塔：我冒昧請問妳：那是林太太嗎？

諾　　拉：是。

柯羅斯塔：她剛到城裡？

諾　　拉：對，今天到的。

柯羅斯塔：她是妳的好朋友？

諾　拉：對。可是我不明白……

柯羅斯塔：我曾經跟她交往。

諾　拉：我知道。

柯羅斯塔：喔？妳果然知道所有的事情。好，那麼我直截了當地問妳：林太太會在銀行工作嗎？

諾　拉：柯先生，你是我先生的下屬，你有什麼權利質問我？但是既然你問了，不妨讓你知道。沒錯，林太太會到銀行工作，是我爲她爭取到的。柯先生，你滿意了嗎？

柯羅斯塔：那我猜中了。

諾　拉：（走來走去）哦！我倒是希望自己眞的有些許影響力。別以爲我是個女人，我就——柯先生，當下屬的人確實要謹慎，不要逼迫任何——嗯——

柯羅斯塔：有影響力的人？

諾　拉：沒錯。

柯羅斯塔：（改變他的語氣）黑太太，爲了我的利益，請妳運用妳的影響力。

諾　拉：什麼？你在說什麼？

柯羅斯塔：請妳設法讓我繼續在銀行當下屬。

諾　拉：你這句話是什麼意思？誰要強迫你離職？

柯羅斯塔：唉！妳不必跟我裝傻。我很清楚，妳的朋友絕對不會想要再遇到我；我也知道是誰要把我解雇。

諾　　拉：可是，我向你保證……

柯羅斯塔：算了、算了。說重點，趁現在還來得及，我奉勸妳，運用妳的影響力來阻止這件事。

諾　　拉：可是，柯先生，我根本沒有影響力。

柯羅斯塔：妳沒有？我以爲剛才妳自己說……

諾　　拉：你不該按照字面來理解我的意思。我！你怎能相信，我對我先生有這種影響力？

柯羅斯塔：唉！我從學生時代就認識妳老公。我認爲，這位了不起的銀行經理，和其他已婚的男人一樣，並非無懈可擊。

諾　　拉：你敢侮辱我先生，我就下逐客令。

柯羅斯塔：夫人有勇氣。

諾　拉：我不再怕你。元旦以後，我很快就會結束這一切。

柯羅斯塔：（克制自己）黑太太，注意聽我說。必要的話，我會捍衛我在銀行的小職位，就像在捍衛我的生命。

諾　拉：喔！似乎是如此。

柯羅斯塔：這不只是爲了收入；其實，錢對我的影響最小。有別的原因——好吧，我坦白說出來。注意，這是最重要的因素。妳知道，其他人當然也都知道，許多年前我曾經思慮欠周犯了罪。

諾　拉：我聽過那類的傳言。

柯羅斯塔：那個案子從未提起訴訟，但是從此我到處吃閉門羹。我只好做妳知道的那些行業。我必須有所成就；而且，我敢說我不是個大壞蛋。

現在我必須洗手不幹。我的孩子在成長；為了孩子，我必須努力贏回我的尊嚴。在銀行工作是我往上爬的第一步。如今你的丈夫要把我踢下來，使我再度身敗名裂。

諾　拉：可是你必須相信我，柯先生，我根本無能為力。

柯羅斯塔：那是因為妳沒有這個意願，但是我有辦法使妳不得不幫我。

諾　拉：莫非你要告訴我先生，我欠你錢？

柯羅斯塔：嗯——要是我告訴他呢？

諾　拉：那麼你就很卑鄙。（幾乎要掉淚）這個秘密是我的喜悅和驕傲——你竟然要用這麼粗暴、可怕的方式讓他得知——他竟然要從你這裡得知這個秘密。你會讓我的處境變得非常難堪……

柯羅斯塔：只是難堪嗎？

諾　拉：（激烈地）去說啊！到時候最倒楣的人會是你，因為我先生會真正地了解到，你根本是個騙子，那麼你當然會被炒魷魚。

柯羅斯塔：我是在問妳，妳只是擔心家裡發生難堪的場面嗎？

諾　拉：要是我先生發現真相，他當然會馬上付清我的債款，我們跟你就一刀兩斷。

柯羅斯塔：（靠近一步）黑太太，聽我說。妳要不是記憶力不好，就是根本沒有做生意的頭腦。我最好把事實說得更清楚些。

諾　拉：你的意思是什麼？

柯羅斯塔：妳的丈夫生病的時候，妳來找我借了四十八萬元。

諾　拉：我還能找誰？

柯羅斯塔：我答應幫妳弄到那個數目……

諾　拉：而且你辦到了。

柯羅斯塔：我答應幫妳弄到那個數目，基於某些條件。當時妳全部的心思都在丈夫的病情，而且妳急著要拿到旅費，我猜想妳沒有徹底考慮清楚所有的細節。我最好提醒妳。根據我擬定的借據，我答應幫妳弄到那筆錢。

諾　拉：喔！借據我簽名了。

柯羅斯塔：沒錯。可是我有附加條款，指定令尊爲這筆錢做擔保。那些條款的下方，令尊應該要簽名。

諾　拉：應該？他確實簽名了。

柯羅斯塔：當時我把日期留白。也就是說，令尊應該在他簽名的地方親自寫上日期。妳記得這回事吧？

諾　　拉：是，我想……

柯羅斯塔：當時我把借據交給妳郵寄給令尊。是不是這樣？

諾　　拉：是。

柯羅斯塔：當然妳立即郵寄了，因爲五、六天後妳給我的借據名字都簽好了。有了借據，錢就到妳的手中。

諾　　拉：沒錯；我都有按期償還，沒有嗎？

柯羅斯塔：大致上。但是，回到重點，黑太太，那時候妳一定過得很辛苦。

諾　　拉：是，的確很不好過。

柯羅斯塔：我確信令尊病得很嚴重。

諾　拉：他命在旦夕。

柯羅斯塔：他很快就過世了？

諾　拉：對。

柯羅斯塔：黑太太，告訴我，也許妳記得令尊過世的日子吧？我的意思是幾月幾日。

諾　拉：爸爸死於九月廿九日。

柯羅斯塔：正確；我已經調查清楚。那麼我們來講一件離奇的事情——（拿出一份文件）我完全不能理解。

諾　拉：離奇的事情？我不知道……

柯羅斯塔：這件事很離奇：令尊在過世後三天，爲妳的借據簽名。

諾　拉：你在說什麼？我不了解。

柯羅斯塔：令尊死於九月廿九日。但是妳看：令尊在借據上的簽名日期是十月二日。黑太太，這是不是很離奇？（諾拉沈默不語）妳可以跟我說明嗎？（諾拉仍然沈默不語）還有一點也值得注意，「十月二日」這幾個字和年份，不是令尊親筆寫的，而是我認識的人的筆跡。哦！這很容易理解。令尊或許忘了塡簽名日期，然後，在得知他的死訊之前，某個人隨便寫個日期。那沒什麼大不了。關鍵在於名字的簽署。黑太太，那個簽名沒問題吧？確實是令尊在這裡簽他的名字，是不是？

諾　拉：（停頓片刻，頭向後仰，堅定地注視他。）不是。是我寫上爸爸的名字。

柯羅斯塔：喂，等一下，這是危險的自白，妳完全了解嗎？

諾　拉：爲什麼？你很快就會拿到你的錢。

柯羅斯塔：讓我來問妳一個問題：妳爲什麼不把這份文件寄給令尊？

諾　拉：那不可能。爸爸病得那麼嚴重。如果我要求他簽名，我就必須告訴他這筆錢的用途。但是他病得那麼嚴重，我不能告訴他女婿的生命危在旦夕。那根本不可能。

柯羅斯塔：當時妳放棄出國旅遊會比較好。

諾　拉：我不能放棄。那趟旅行是爲了救我先生的命，我不能放棄。

柯羅斯塔：難道妳從未想過，這是在欺騙我？

諾　拉：我無法考慮那種事。你跟我毫無關係。我受不了你，你設了那麼多無情的障礙，縱使你知道我先生的情況很危急。

柯羅斯塔：黑太太，妳顯然不明白妳犯了什麼罪。但是我敢打包票：妳的行爲跟當年的我簡直不相上下——當時我失策一步就名譽掃地。

諾　　拉：你？你要我相信，你曾經冒險犯難救你太太的命？

柯羅斯塔：法律不探究動機。

諾　　拉：那麼，那必定是很差勁的法律。

柯羅斯塔：不論是否差勁，如果我在法院提出這份文件，他們會依法審判妳。

諾　　拉：我不相信這種事。父親快死了，女兒沒有權利免除他的焦慮和煩惱嗎？妻子沒有權利救丈夫的命嗎？我不太懂法律，但是我相信某些書籍包含這些觀點。你身爲律師，你不知道有這種觀點嗎？柯先生，你一定是很爛的律師。

柯羅斯塔：或許吧。但是做生意——妳和我合作的這種生意，妳以爲我不懂嗎？好吧。隨妳高興。但是我跟妳打包票，如果我再度被排擠，妳會跟我作伴。（他鞠躬，從通道的門走出去。）

諾　拉：（沈思片刻，然後甩頭）胡說八道！想要恐嚇我！我沒有那麼愚蠢。（開始收拾孩子的衣物）然而？不，不可能！我這麼做是爲了愛。

孩子們：（在左邊的門口）媽媽，陌生人走掉了。

諾　拉：哦！是，我知道。可是不要跟任何人說陌生人的事。你們聽到了嗎？連爸爸都不可以說！

孩子們：是，媽媽。可是妳要進來再玩一次嗎？

諾　拉：不行，現在不行。

孩子們：噢！可是，媽媽，妳答應過的。

諾拉：我知道，但是我現在不行。進去；我有很多事情要做。進去、進去，我可愛的小寶貝。（她溫柔地帶領他們回房間，隨後關門；然後她坐在沙發上，拿起一塊繡花布縫了幾針，突然停下來。）不！（將針線活扔到一旁，站起來，走到通道的門大聲喊。）海倫！把樹拿過來。（走到左邊的桌子，打開抽屜，又停下來。）不，那完全不可能！

女傭：（拿著聖誕樹）夫人，樹要放哪裡？

諾拉：那邊。房間的中央。

女傭：還要拿別的東西嗎？

諾拉：不用，謝謝妳。我需要的都有了。

（女傭走出去）

諾拉：（專注地裝飾聖誕樹）這裡一根蠟燭——這裡幾朵花。那個可怕的男人！一派胡言！根本沒有問題。這棵樹會很燦爛耀眼！爾墨，我會想盡辦法討好你。我會爲你歌唱，爲你跳舞……

（黑爾墨腋下夾著一束文件從通道走進來）

諾拉：啊！你這麼快就回來了？

黑爾墨：對。有人來這裡嗎？

諾拉：這裡？沒有。

黑爾墨：奇怪。我看到柯羅斯塔從前門離開。

諾拉：有嗎？哦！是，柯羅斯塔在這裡待了一會兒。

黑爾墨：諾拉，妳的表情告訴我，他來這裡，求妳幫他說好話。

諾　拉：是。

黑爾墨：妳打算要假裝這是妳自己的主意？妳打算要隱瞞我，他來過這裡。他也拜託妳這麼做，是不是？

諾　拉：是，爾墨，可是……

黑爾墨：諾拉，諾拉，妳居然上那種當？跟那種人說話，還給他承諾？而且之後還對我說假話！

諾　拉：說假話？

黑爾墨：妳不是說沒有人來過這裡？（對她搖動食指）我的小雲雀絕對不可以再做那種事。雲雀必須有潔淨的嘴唱歌。不准荒腔走調！（摟著她的腰）事情就該這樣，不是嗎？對，我確信是這樣。（放開她）就這樣，不談那件事了。（坐在壁爐旁邊）啊！這裡多麼溫暖舒

適。（翻閱他的文件）

諾拉：（忙著佈置聖誕樹，停頓片刻後）爾墨！

黑爾墨：是。

諾拉：我非常期待，後天史坦堡家的化裝舞會。

黑爾墨：我等不及要看，妳會給我什麼樣的驚喜。

諾拉：哎！那很愚蠢。

黑爾墨：什麼？

諾拉：我找不到適合的東西。我想到的東西似乎都很荒謬、毫無意義。

黑爾墨：我的小諾拉終於招認了？

諾拉：（走到他的椅子後面，雙臂放在椅背上）爾墨，你很忙嗎？

黑爾墨：喔——

諾拉：那些是什麼文件？

黑爾墨：銀行的業務。

諾拉：這麼快？

黑爾墨：退休的經理給我全部的權限，在人事與程序方面做必要的更動。我必須利用聖誕節這個禮拜來處理。我想要在元旦讓一切就緒。

諾拉：所以，這位可憐的柯羅斯塔……

黑爾墨：嗯。

諾拉：（仍然倚靠他的椅背，輕撫他的頸背。）爾墨，要不是你那麼忙，我會請你幫一個很大的忙。

黑爾墨：讓我聽聽看。是什麼事？

諾拉：你知道，沒有人像你那麼有品味，而我很想要在化裝舞會顯得出色。爾墨，你可不可以幫我決定，我該扮演什麼，而且幫我準備戲服？

黑爾墨：啊！頑固的小婦人需要救生員了？

諾拉：是啊，爾墨，沒有你的協助，我根本毫無頭緒。

黑爾墨：好吧，我會仔細思考。我們很快就會想出點子。

諾拉：噢！你眞好。（走到聖誕樹。停頓一下）這些紅花是不是很漂亮？爾墨，告訴我，這位柯羅斯塔所犯的罪眞的很嚴重嗎？

黑爾墨：僞造罪。妳知道那是什麼意思嗎？

諾　拉：有沒有可能他是被情勢所逼？

黑爾墨：有可能，或者考慮不周，很多案例都是如此。我不會這麼鐵石心腸，只因爲一次的過錯，就斷然地宣告這個人不適用。

諾　拉：噢！爾墨，你當然不會這麼做。

黑爾墨：只要公開認罪並且接受懲處，很多人都能夠改過自新。

諾　拉：懲處？

黑爾墨：但是柯羅斯塔不那麼做。他用狡猾的手段脫罪，這就是他道德淪喪眞正的原因。

諾　拉：你眞的這麼認爲？

黑爾墨：簡直想像不到，那種罪人總是在說謊和欺騙，而且虛情假意。他與最親近的人在一起，甚至與他的妻子兒女在一起，都必須戴著面具。諾拉，最可怕的是對子女的影響。

諾　拉：爲什麼？

黑爾墨：這種說謊的氛圍，污染家庭整體的生活，子女吸進去的每一口氣，都充滿罪惡的細菌。

諾　拉：（更靠近他的背後）你確定嗎？

黑爾墨：噯！在我當律師的生涯當中，我看過太多這種案例。年少就墮落的人，幾乎都有一個習慣說謊的母親。

諾　拉：爲什麼你只提到——母親？

黑爾墨：通常是母親有決定性的影響；但是，父親當然也會有相同的影響。

所有的律師都很清楚這個事實。這位柯羅斯塔，一年又一年，不斷地用謊言和虛僞，毒害他自己的孩子。所以，我罵他道德淪喪。（對她伸出雙手）因此，我甜美的小諾拉必須答應我，決不幫他求情。手給我，向我保證。喂、喂，怎麼啦？手給我。好啦，達成協議。我跟妳打包票，我不可能跟他共事。有這種人在身邊，我眞的很想吐。

諾　拉：（抽回她的手，走到聖誕樹的另一邊。）這裡好熱！而且我有好多事情要做。

黑爾墨：（站起來，將他的文件收拾整齊。）哦！在吃晚飯之前，我必須把這些文件看一遍；我也要想一下妳的戲服。很可能我也會準備好某樣東西，用亮晶晶的紙包起來掛在這棵樹上。（手放在她的頭上）

妳呀，我珍貴的小雲雀！（他走進他的書房，隨後關門）

諾　拉：（停頓一下，輕聲地）胡說！不是這樣。不可能。一定不可能！

（保母打開左邊的門）

保　母：孩子們一直在哀求，要進來找媽媽。

諾　拉：不、不、不！不要讓他們進來找我！安妮，妳陪他們。

保　母：好的，夫人。（關門）

諾　拉：（因恐懼而蒼白）傷害我的孩子！毒害我的家庭？（停頓片刻，然後甩頭）這不是眞的！不可能。絕對不可能！

—幕落—

第二幕

場景：同前。

在鋼琴旁邊，聖誕樹的裝飾品已經拿掉，蓬亂的樹枝上有幾根燃盡的蠟燭頭。諾拉的外出服放在沙發上。她獨自在房間裡，心神不定地走來走去；最後她在沙發旁邊停下來，拿起她的外套。

諾　拉：（放下外套）有人來了！（走到門邊，留神地聽。）沒有人。今天是聖誕節，當然不會有人來；明天也不會有人來。可是，或許——（開門往外瞧）沒有，信箱沒有東西，空空的。（向前走來）無聊！他不可能當眞。這種可怕的事情不可能發生；不可能。我有三個小孩啊。

（保母拿著大紙箱從左邊的房間上場）

保　母：好啦，我終於找到這個放化裝服的箱子。

諾　拉：謝謝；放在桌上。

保　母：（照著做）可是這些戲服全都亂七八糟的。

諾　拉：啊！我想要把這些衣服撕爛！

保母：哎呀！這很容易整理。只要一點點耐心。

諾拉：好，我去找林太太來幫我。

保母：又要出去？天氣這麼糟？諾拉小姐，妳會著涼——會不舒服。

諾拉：唉！可能會發生更糟的事情。孩子們怎麼樣？

保母：可憐的小像伙正在玩聖誕節禮物，可是……

諾拉：他們一直在找我嗎？

保母：妳知道，他們很習慣媽媽陪在身邊。

諾拉：沒錯。可是，奶媽，我不能再像以前那樣一直陪著他們。

保母：好吧，小孩子很容易適應各種狀況。

諾拉：妳這麼認爲嗎？妳認爲若是他們的媽媽永遠不在，他們就會忘掉媽媽？

保母：老天爺！永遠不在？

諾拉：等一下，奶媽，我一直想要問妳，妳怎麼狠下心，將妳的孩子交給陌生人？

保母：我不得不這麼做，妳知道的，當時我要當小諾拉的奶媽。

諾拉：對。可是妳如何下決心？

保母：這麼好的工作求之不得啊！貧困的女子未婚懷孕，有工作就可喜可賀了。何況那個壞男人根本不負責任。

諾拉：可是，妳的女兒一定把妳忘得一乾二淨。

保　母：哦！她當然記得我。她接受天主教堅信禮，以及結婚的時候，都有寫信給我。

諾　拉：（雙手摟著她的脖子）安妮，我年幼的時候，妳是我的好母親。

保　母：可憐的小諾拉，沒有別的母親，只有我。

諾　拉：如果我的小孩沒有母親，我相信妳會——我在胡說八道什麼！（打開箱子）進去陪孩子吧。現在我必須——明天妳會看到我多麼嫵媚動人。

保　母：喔！我相信，舞會裡沒有人像諾拉小姐這麼漂亮。（進左邊的房間）

諾　拉：（從箱子裡拿出戲服，但是立即將戲服扔下。）噢！但願我敢走出去。但願沒有人會進來。但願我出去的時候，這裡什麼事都不會

發生。胡扯！沒有人會進來。就是不要亂想。我要刷一下這個皮手筒。好漂亮的手套！不想了，不想了！一、二、三、四、五、六——（尖叫）啊！有人來了。（準備要朝門口走去，但是猶豫不決地站住。林太太從通道出入口上場，脫掉外套。）

諾　拉：啊！是妳，克莉絲汀。外頭沒有別人吧？妳來了，眞好。

林太太：我聽說妳有事找我。

諾　拉：對，我順路去看妳。實際上，妳可以幫我。我們坐到這邊的沙發。嘿！明天晚上，我們樓上的史坦堡家有化裝舞會，爾墨要我打扮成拿坡里捕魚的少女，跳我在卡布里島學到的塔蘭台拉舞。

林太太：眞的，妳有整場的表演？

諾　拉：對，爾墨要我演的。妳看，就是這件衣服。以前爾墨在義大利爲我訂做的，可是現在已經慘不忍睹，我不知道……

林太太：哦！這一下子就可以弄好。只是幾條鑲邊的縫線脫線了。針和線呢？好，我們需要的都有了。

諾　拉：噢！妳眞好。

林太太：（縫補衣服）所以明天妳要穿戲服。諾拉，我的想法是——我會進來一下子，看妳盛裝打扮。噢！我都忘了要向妳道謝，昨夜我玩得很盡興。

諾　拉：（站起來，在房間踱步）我覺得昨天沒有平常那麼愉快。克莉絲汀，妳應該早點兒到城裡來。沒錯，爾墨確實有本事，將一個家佈置得滿室生輝。

林太太：我覺得妳也很能幹；妳沒有白當令尊的女兒。哦！告訴我，蘭克醫

生一直都像昨天那樣子憂鬱嗎？

諾　拉：不，昨天很不尋常。不過，他向來一身是病。可憐的傢伙，他得了脊髓癆。妳要知道，他的父親很齷齪，有好幾個情婦之類的，因此他的兒子一出生就體弱多病。妳懂嗎？

林太太：（放下針線活）諾拉，妳怎麼知道這種事呢？

諾　拉：（走得更輕快）噗！一旦妳有三個孩子，妳偶而有——有已婚的女人來作客，她們知道一些醫學常識，她們會談論這類的事情。

林太太：（繼續縫補；停頓一下）蘭克醫生每天都來這裡嗎？

諾　拉：風雨無阻。他是爾墨最好的朋友，也是我的好友。他就像家人。

林太太：可是——他很眞誠嗎？我的意思是，他是不是很會討好別人？

諾　拉：正好相反。妳怎麼有這種想法呢？

林太太：昨天妳介紹我們認識的時候，他說，他經常在這裡聽到我的名字被提起。但是，之後我注意到，妳老公根本不知道我是誰。所以，蘭克醫生怎麼可能——？

諾　拉：克莉絲汀，他說的是實話。爾墨愛我的方式很荒謬，他要完全獨占我，這是他說的。我們結婚後，我一提到老家的朋友，他總是顯得很吃味，久而久之我就不再說了。但是，我經常跟蘭克醫生閒話當年，因為他喜歡聽。

林太太：諾拉，聽我說，很多方面妳仍然像小孩子。我比妳年長幾歲，多一些經驗。聽我說，妳必須和蘭克醫生結束這一切。

諾　拉：結束什麼？

林太太：我想，兩方面都要結束。昨天，妳提到一個有錢的仰慕者，留遺產給妳……

諾拉：哦！不存在的仰慕者，很遺憾。那又怎樣？

林太太：蘭克醫生家境富裕嗎？

諾拉：是，他很有錢。

林太太：沒有受扶養的親屬？

諾拉：沒有，一個也沒有。不過……

林太太：每天來這裡？

諾拉：對，我跟妳說過了。

林太太：這麼高尚的男人，怎麼會這麼貪心不足呢？

諾　拉：我根本不了解妳的意思。

林太太：別裝了，諾拉，妳以為我猜不到，是誰借給妳四十八萬？

諾　拉：妳瘋了嗎？妳怎能想出這種事？每天來這裡的朋友！那種處境會多麼痛苦呀！

林太太：那麼，眞的不是他？

諾　拉：當然不是。我連想都沒有想過。何況那時候他沒有錢可以借；之後他才繼承財產。

林太太：喔！諾拉，幸好是這樣。

諾　拉：不，我從未想過要向蘭克醫生借錢。雖然我很有把握，如果我向他開口……

林太太：妳當然不會這麼做。

諾拉：當然不會。我沒有理由認爲有這個必要。但是我很確定，如果我告訴蘭克醫生……

林太太：瞞著妳的丈夫？

諾拉：我必須解決另一件事，那也要瞞著他。我必須全部結清。

林太太：昨天我就是這樣跟妳說的，但是……

諾拉：（走來走去）男人比女人更容易擺平這種問題。

林太太：沒錯，當丈夫的是比較行。

諾拉：廢話！（站住）妳付清全部的債款，妳就拿回妳的借據，對吧？

林太太：對，當然。

諾　拉：然後把借據撕成十萬張碎片，燒掉，骯髒的廢紙！

林太太：（緊盯著她，將針線活放在一旁，緩緩地站起來。）諾拉，妳有事瞞著我。

諾　拉：我的臉上寫著「隱瞞」這兩個字嗎？

林太太：昨天早上妳就開始不對勁。諾拉，發生什麼事？

諾　拉：（急忙走向她）克莉絲汀！（留神地聽）噓！爾墨回來了。嘿！妳進去陪一下孩子。爾墨受不了別人做針線活。讓安妮幫妳。

林太太：（收拾一些東西）好吧。但是直到我們把話說出來，我才會離開。

（她進入左邊的房間，黑爾墨從通道進來。）

諾　拉：（走向黑爾墨）噢！親愛的，我一直在等你。

黑爾墨：那是裁縫師嗎？

諾拉：那是克莉絲汀；她來幫我整理戲服。你知道，那件戲服會很迷人。

黑爾墨：那不就是我想出來的妙計嗎？

諾拉：妙極了！可是我聽的你話做事，你不覺得我也很不賴嗎？

黑爾墨：妳很不賴？因爲妳聽丈夫的話做事？好啊，妳這個小笨蛋，妳一定是話中有話。可是我不要擾亂妳；妳應該要試穿妳的戲服。

諾拉：你有工作要做嗎？

黑爾墨：是啊。（給她看一堆文件）妳瞧瞧。我剛才去銀行。（轉身要進入他的書房）

諾拉：爾墨。

黑爾墨：（站住）是。

諾　拉：如果你的小松鼠誠心誠意地要求你一件事……

黑爾墨：什麼事？

諾　拉：你願意照著做嗎？

黑爾墨：首先，我當然要知道是什麼事情。

諾　拉：如果你好心的做她要求的事，你的小松鼠會跳來跳去玩各種把戲。

黑爾墨：從實招來。

諾　拉：你的雲雀會在每一個房間吱吱喳喳地唱歌……

黑爾墨：嘿！無論如何我的雲雀都會唱歌。

諾拉：我會當森林的仙女，在月光下爲你跳舞。

黑爾墨：諾拉——莫非妳是指早上說的那件事？

諾拉：（更靠近）是，爾墨，我拜託你！

黑爾墨：妳眞的這麼大膽，又提起那件事？

諾拉：是，親愛的，看在我的份上，你必須讓柯羅斯塔繼續在銀行工作。

黑爾墨：諾拉，我已經內定林太太去占他的缺。

諾拉：你這麼做，非常仁慈。但是，你可以解雇別的職員，不要解雇柯羅斯塔。

黑爾墨：簡直是最難以置信的頑固！因爲妳輕率地答應要爲他求情，妳就希望我……

諾　拉：爾墨，那不是原因。這是爲了你的利益。你自己告訴我的，那個傢伙爲最下流的報紙寫文章。他可能會傷害你。我怕他怕得要命……

黑爾墨：啊！我了解，是過去的記憶使妳害怕。

諾　拉：你的意思是什麼？

黑爾墨：理所當然，妳在想妳的父親。

諾　拉：哦！是。想到那幾家報紙，齷齪地散播爸爸的謠言，那麼殘忍地毀謗他。要不是當局派你過來調查，要不是你那麼仁慈，而且公正地對待爸爸，我相信他們會導致爸爸被開除。

黑爾墨：諾拉，妳的父親和我有一個很明顯的差異。他身爲政府官員的信譽並不完美。然而我的信譽毫無瑕疵；我希望，在我擔任公職的期間，我會繼續如此。

諾拉：噯！誰能料到，這些惡人的葫蘆裡賣什麼藥？爾墨，你和我以及孩子們——我們可以這麼幸福安逸的待在舒適寧靜的家裡。所以我這麼眞誠地求你……

黑爾墨：就是因爲妳替他求情，妳使得我不能繼續雇用他。銀行的人都知道，我要解雇柯羅斯塔。如果現在讓大家知道，新的經理可以任由太太擺佈……

諾拉：喔，那會怎樣？

黑爾墨：是啊，要是這個頑固的小女人可以爲所欲爲！我會在全體職員的面前出糗，大家會認爲我這個男人優柔寡斷。我跟妳打賭，不用多久我就會感受到那種效應！而且，只要我當上經理，有一件事會讓柯羅斯塔馬上滾出銀行。

諾　拉：究竟是什麼事？

黑爾墨：或許，我可以寬容他品性上的缺點，必要的話……

諾　拉：是啊，爾墨，何不寬容他？

黑爾墨：我聽說他的工作效率很高。但是年輕的時候我就認識他。他是那種不小心結交到的朋友，日後往往變成一種累贅。我最好坦白地告訴妳，我們曾經稱兄道弟。但是這個傢伙不懂人情世故，有別人在的時候，他不收斂些。相反地，他以爲我們有交情，他就可以對我沒大沒小，時時刻刻都在那兒嚷嚷：「喂！爾墨，老兄！」那種隨便的語氣，讓我感到非常難受。他會造成我在銀行的立場很難堪。

諾　拉：爾墨，我不相信你是認眞的。

黑爾墨：妳不相信？爲什麼？

諾拉：因為那樣子看事情很小氣。

黑爾墨：妳在說什麼？小氣？妳認為我小氣！

諾拉：不，親愛的，正好相反。就是為了那個理由……

黑爾墨：沒關係。妳說我的觀點小氣，那麼我最好是小氣。小氣！很好！我們把這件事做個了結。（走到通道的門大喊）海倫！

諾拉：你要做什麼？

黑爾墨：（翻閱他的文件）解決這件事。（女傭上場）注意聽，拿著這封信，立刻下樓去，找一個快遞，叫他去送信，而且要迅速。信封上面有住址。等一下，錢給妳。

女傭：好的，先生。（拿著信退場）

黑爾墨：（把他的文件合起來）好啦，小頑固小姐。

諾　拉：（呼吸急促）爾墨——那是什麼信？

黑爾墨：柯羅斯塔的解雇通知。

諾　拉：爾墨，叫她回來！還來得及。噢！爾墨，叫她回來！為了我，為了你，為了孩子們！爾墨，你聽到了嗎？叫她回來！你不知道那會招來什麼禍害。

黑爾墨：來不及了。

諾　拉：是，來不及了。

黑爾墨：諾拉，我原諒妳的恐懼，雖然妳這樣子根本是在侮辱我。妳居然認為，我會怕一個法院的書記報復我，這不是侮辱嗎？但是我仍然原諒妳，因爲這證明妳很愛我。（擁抱她）諾拉，事情就這樣決定了。該來的就讓它來，在緊要關頭，我的勇氣和力氣，都可以派上用場。妳將會明白我是個有肩膀的男人，我可以獨自承擔一切。

諾　拉：（很驚恐）你指的是什麼事情？

黑爾墨：我是說，全部的重擔。

諾　拉：（堅決地）你永遠都不必那麼做。

黑爾墨：很好。諾拉，我們會分擔責任，夫妻就是這樣。事情就這樣決定。（撫摸她）現在妳高興了嗎？喂！好啦、好啦——不要露出這種鴿子被嚇到的眼神。這一切只是無意義的想像。現在，妳必須把塔蘭台拉舞從頭到尾跳一遍，並且練習妳的鈴鼓。我要進去最裡面的房間並且關門，我什麼都聽不到；妳可以盡情地吵鬧。（在門口轉身）如果蘭克來了，就告訴他，我在那個房間。（對她點頭，拿著文件進入書房，將門關上。）

諾　拉：（因爲恐懼而不知所措，呆若木雞地站著低語。）他確實有可能這麼做。他會這麼做。他會不顧一切這麼做。不，不會那樣！不可能，絕對不可能！只有那件事不可以！逃走！想辦法脫困……（門鈴響）蘭克醫生！任何事，任何事都可以，唯獨那件事！（雙手撫臉，恢復平靜，走到門口，打開通道的門。蘭克站在外頭將毛外套掛起來。下面的對話在進行的時候，天色逐漸暗下來。）

諾　拉：哈囉，蘭克醫生。我知道是你按門鈴。但是你不可以進去找爾墨，他正在忙。

蘭　克：那妳呢？

諾拉：哦！你知道，我總是有時間陪你。（他走進來，她隨後關門。）

蘭克：謝謝妳。我要盡可能的利用妳的時間。

諾拉：你在說什麼？盡可能？

蘭克：妳在擔心嗎？

諾拉：哦！講這種話很奇怪。有事情要發生嗎？

蘭克：那是我早就在等待的事情。但是，坦白說，我不希望事情這麼快就發生。

諾拉：（抓住他的手臂）你發現什麼了？蘭克醫生，你一定要告訴我！

蘭克：（在壁爐邊坐下來）我完蛋了。沒救了。

諾拉：（如釋重負地輕嘆）那麼——是你自己的事情？

蘭　克：還有誰？自我欺騙無濟於事。黑太太，我是我所有的病人當中最悲慘的。這幾天我一直在盤點我體內的存貨。破產了！很可能一個月內我就會躺在教堂的墓園裡腐爛掉。

諾　拉：唉！不要烏鴉嘴。

蘭　克：這種事本來就很可怕，最慘的是，完蛋之前還有其他可怕的事情。只剩一次總體檢；做完體檢，我就知道，何時我會開始崩壞。我有話跟妳說。黑爾墨很敏感，他厭惡一切醜陋的東西。因此，我不要他靠近我的病房。

諾　拉：噢！蘭克醫生……

蘭　克：不管怎樣，我不要他來病房。我會鎖門不讓他進來。一旦我十分確定，情況已經壞到極點，我會寄一張有黑十字記號的名片給妳；那

麼，妳就知道，病人已經開始解體。

諾拉：哎！你今天很荒謬。我多麼希望，你的心情會很愉快。

蘭克：我準備要躺進棺材，妳卻希望我愉快？因為另一個男人的罪惡，我必須飽受痛苦！這種事有正義嗎？這種不可避免的大自然的反撲，妳在每個家庭都可以看到蛛絲馬跡……

諾拉：（雙手捂住她的耳朵）噢，胡扯！振作起來！請你——快樂起來！

蘭克：唉，整件事情從頭到尾都很可笑。家父當兵的時候沈溺酒色，我可憐無辜的脊椎就必須為他受罪。

諾拉：（坐在左邊的桌子旁邊）他特別迷戀蘆筍和鵝肝醬，對吧？

蘭克：對，還有法國松露。

諾拉：松露，對。我想，也有生蠔吧？

蘭克：當然，好幾大盤的生蠔。

諾拉：然後喝葡萄酒和香檳。很可悲，所有這些美味的東西，竟然傷害我們的骨頭。

蘭克：尤其是那些不曾享受這種豪華大餐的人，他們無辜的骨頭，竟然遭受美食的報復。

諾拉：啊！這是最可悲的。

蘭克：（用銳利的眼光看她）嗯！

諾拉：（停頓片刻）你在笑什麼？

蘭克：不對，是妳在笑。

諾拉：不對！蘭克醫生，是你在笑。

蘭克：（站起來）妳比我想像的更會捉弄人。

諾拉：我今天的想法很荒唐。

蘭克：很明顯。

諾拉：（雙手搭在他的肩膀上）蘭克醫生，有爾墨和我，你不會死。

蘭克：喔！這種損失，你們很容易釋懷。人走了，很快就被遺忘。

諾拉：（憂心地注視他）你相信這種事？

蘭克：人們建立新的交情，然後……

諾拉：誰會建立新的交情？

蘭　克：我走了，妳和爾墨都會交新朋友。我敢說，妳已經在進行了。昨晚那位林太太來這裡做什麼？

諾　拉：哎呀！你在嫉妒可憐的克莉絲汀？

蘭　克：對，我嫉妒她。她會繼承我在這個屋子的地位。我死翹翹了，這個女人很可能會……

諾　拉：噓！不要這麼大聲。她就在那個房間裡。

蘭　克：今天又來。妳看吧。

諾　拉：她只是來幫我縫戲服。我的天啊，你眞不可理喻！（坐在沙發上）不要鬧了，蘭克醫生，明天你就會看到我美妙的舞姿，你可以想像我只爲你跳舞——當然，還有爾墨。（從箱子裡拿出各種東西）蘭克醫生，來這邊坐，我給你看一些東西。

蘭　克：（坐下來）什麼東西？

諾　拉：嘿！你看。

蘭　克：絲襪。

諾　拉：膚色的。是不是很漂亮？現在這裡這麼暗，可是明天——不、不、不，只看腳。好吧，你也可以看小腿。

蘭　克：嗯——

諾　拉：你為什麼看起來那麼挑剔？你覺得這種絲襪不適合我嗎？

蘭　克：我不曾有機會，對這種事情發表意見。

諾　拉：（注視他片刻）眞丟臉！（用絲襪輕輕地打他的耳朵）這是懲罰你。（把絲襪收好）

蘭　克：還有什麼好東西可以給我看？

諾　拉：都不給你看，因爲你不乖。（她邊哼歌，邊查看她的東西。）

蘭　克：（沈默片刻）我跟妳一起坐在這裡，像這樣，很輕鬆自在而且坦然，我絕對無法想像，如果我再也不進入這棟屋子，我會怎樣。

諾　拉：（微笑著）我相信，你跟我們在一起確實很自在。

蘭　克：（直視前方，更輕聲地說話。）不得不拋下這一切……

諾　拉：胡說，你不會離開。

蘭　克：（跟前面一樣）連表示感激的可憐模樣，連一閃而逝的懊悔，都無法遺留下來——只留下一個空位，任何人都可以遞補。

諾　拉：如果我現在要求你？不行……

蘭克：要求什麼？

諾拉：一個很大的東西，證明你的友誼。

蘭克：好啊，什麼東西？

諾拉：不，我的意思是——非常龐大的恩惠。

蘭克：妳真的要破例一次，讓我高興嗎？

諾拉：唉！你根本不知道是什麼。

蘭克：好吧，請告訴我。

諾拉：不，蘭克醫生，我不可以——那完全不合情理。那也意味著忠告和援助，不只是恩惠……

蘭克：越大的恩惠越好。我猜不到妳的暗示。說出來吧。妳不信任我嗎？

諾　拉：我最信任你了。我相信，你是我最真誠、最好的朋友，所以，我想要跟你談。噢！蘭克醫生，你必須幫我阻止一件事。你知道，爾墨難以形容地深愛著我；他會毫不猶豫地爲我犧牲他的生命。

蘭　克：（傾身靠近她）諾拉，妳認爲只有他……

諾　拉：（略微吃驚）只有他？

蘭　克：會樂意爲妳犧牲他的生命。

諾　拉：（沈重地）我明白。

蘭　克：我原本就決定，在我離開之前，妳應該明白我的心意，這是最好的機會。諾拉，現在妳知道了。現在妳也知道，妳可以信任我，我是最可靠的人。

諾拉：（站起來，態度自然而平靜。）讓我過去。

蘭克：（挪出空間，但是仍然坐著。）諾拉！

諾拉：（在通道的門口）海倫，把燈拿進來。（走到壁爐旁邊）哎！蘭克醫生，你眞卑鄙。

蘭克：我跟其他人一樣深愛著妳，那很卑鄙嗎？

諾拉：不，你不應該跟我告白。根本沒那個必要……

蘭克：妳是什麼意思？妳已經知道了？（女傭拿著燈上場，將燈放在桌上，又走出去。）諾拉——黑太太，我在問妳，妳早就知道了？

諾拉：唉！我怎麼知道，我是知道還是不知道？我眞的不知道該說什麼。蘭克醫生，你何必這麼不圓滑！我們相處得這麼融洽。

蘭　　克：好吧，不管怎樣，現在妳知道了，我的身體和靈魂都任由妳支配。所以，妳要不要坦白呢？

諾　　拉：（注視他）在發生這種事之後？

蘭　　克：我求妳，讓我知道妳的需要。

諾　　拉：現在我什麼都不能告訴你。

蘭　　克：我一定要知道。妳不可以用這種方式懲罰我。請給我機會，爲妳做我辦得到的事情。

諾　　拉：現在你不能爲我做任何事情。況且，實際上我不需要幫助。你會明白，那只是我的幻想。事情就是這樣。當然！（坐在搖椅裡，帶著笑容注視他。）蘭克醫生，你眞是個大好人。現在燈拿來了，你會不會覺得有些害臊？

蘭克：不會，完全不會。或許我最好離開——永遠地？

諾拉：不，你當然不能那麼做。你一定要跟平常一樣來這裡。你知道，爾墨不能沒有你。

蘭克：喔，那妳呢？

諾拉：你知道，你來串門子，我都很開心。

蘭克：就是那樣使我產生錯覺。妳讓我猜不透。好幾次，我感覺到，妳寧可跟我在一起，勝過陪伴黑爾墨。

諾拉：哦——你要明白，我們有一些最愛的人，還有一些幾乎總是喜歡膩在一起的人。

蘭克：是，妳的話有些道理。

諾拉：以前我在老家的時候，當然我最愛爸爸。但是，我總覺得偷溜到女傭的房間很好玩，因爲她們從不說教，而且聽她們聊天很有趣。

蘭克：啊哈！原來我遞補她們的位子。

諾拉：（跳起來，走向他）唉！蘭克醫生，我根本不是那個意思。但是，你可以理解，和爾墨在一起，就像是和爸爸在一起……

（女傭從通道上場）

女傭：夫人，抱歉。（她對諾拉耳語並且遞給她一張名片）

諾拉：（瞄一眼名片）啊！（把名片放入她的口袋）

蘭克：有問題嗎？

諾拉：沒有、沒有，完全沒問題。只是——我的新衣服……

蘭克：眞的嗎？但是——那不是妳的衣服嗎？

諾拉：哦，那件。哎！這是另一件，我訂購的。絕對不能讓爾墨知道……

蘭克：啊！我們知道這個大秘密了。

諾拉：沒錯。你進去陪他；他在最裡面的房間。盡量讓他待在那裡……

蘭克：妳放心；他不會跑出來。（進入書房）

諾拉：（對女傭）他站在廚房等候嗎？

女傭：是；他從後面的階梯上來的。

諾拉：妳沒有告訴他，我有客人？

女傭：我說了，可是沒有用。

諾　拉：他不願意離開？

女　傭：是，夫人，他說跟妳談過話，他才會離開。

諾　拉：好吧，讓他進來，但是要悄悄地。海倫，不要跟任何人透露這件事。我要給我先生一份驚喜。

女　傭：是，夫人，我明白。（退場）

諾　拉：可怕的事情要發生了！不、不、不，不可能；不可以！（她走過去，將黑爾墨的房門閂上。女傭爲柯羅斯塔打開通道的門，隨後關門。他穿著毛外套和高筒靴，戴著毛皮帽。）

諾　拉：（走向他）輕聲地講。我先生在家。

柯羅斯塔：喔！算他走運。

諾　拉：你要做什麼？

柯羅斯塔：一些情報。

諾　拉：趕快說，什麼事？

柯羅斯塔：妳當然知道，我收到解雇通知了。

諾　拉：柯先生，我無能爲力。我費盡唇舌爲你說好話，但是沒有用。

柯羅斯塔：妳老公對妳的愛，變得這麼稀少嗎？他很清楚我可以揭發妳，然而他卻敢……

諾　拉：你怎麼會認爲他知道這件事？

柯羅斯塔：唉！我根本沒有料到會如此。這完全不像我認識的黑爾墨，這麼有魄力……

諾　拉：柯先生，請尊重我的丈夫！

柯羅斯塔：哦！他當然值得尊重。既然夫人這麼謹慎，不讓別人知道這件事，我冒昧地請問妳：妳是否比昨天更了解妳所做的事情？

諾　拉：勝過你給我的教誨。

柯羅斯塔：沒錯，我是很爛的律師。

諾　拉：你對我有什麼要求？

柯羅斯塔：黑太太，我只是來看一下妳過得怎麼樣。我一整天都在想妳的事情。一個放高利貸的、夜間法庭的書記——像我這種男人，也有一絲所謂的惻隱之心。

諾　拉：那你證明給我看。想一想我的孩子。

柯羅斯塔：妳和老公有想過我的孩子嗎？不提也罷。我只是要告訴妳，妳不必把這件事看得太嚴重。目前我不會有任何控訴。

諾　　拉：噢，眞的不會！哦——我就知道。

柯羅斯塔：整件事情可以和平地處理；不必鬧得街頭巷尾都知道。這仍然是我們三個人之間的秘密。

諾　　拉：絕對不能讓我先生知道這件事。

柯羅斯塔：妳怎麼有能力阻止呢？難道妳現在可以付清債款？

諾　　拉：不，不是現在。

柯羅斯塔：或許妳有辦法在一、兩天內籌到這筆錢？

諾　　拉：我不願意用別的門路。

柯羅斯塔：喔！不管怎樣，現在對妳都沒有用了。即使現在妳的手中有一大把鈔票，妳仍然不能買回妳的借據。

諾　拉：告訴我，你打算用那張借據做什麼。

柯羅斯塔：我只是保存這張借據，把它放在檔案夾。局外人不會聽到任何風聲。因此，如果妳想要孤注一擲……

諾　拉：我已經做了。

柯羅斯塔：如果妳想要離家出走……

諾　拉：我已經這樣想！

柯羅斯塔：甚至做更壞的打算……

諾　拉：你怎麼猜到的？

柯羅斯塔：妳可以打消那些念頭。

諾　拉：你怎麼知道我有那個念頭？

柯羅斯塔：我們大部分的人起初會有那個念頭。我也是，但是我發覺我沒有勇氣……

諾　拉：（微弱地）我也沒有。

柯羅斯塔：（鬆一口氣）這是真的，妳也沒有勇氣，對吧？

諾　拉：我沒有——我沒有勇氣。

柯羅斯塔：總之，那麼做很愚蠢。第一次的家庭風暴結束後，哦！我的口袋裡有一封信要給妳的丈夫。

諾　拉：告訴他所有的事情？

柯羅斯塔：我盡可能慈悲。

諾　拉：（快速地）他絕對不可以拿到那封信。把信撕掉。我會設法弄到錢。

柯羅斯塔：抱歉，黑太太，可是剛才我跟妳說了……

諾　拉：我不是指我欠你的那筆錢。告訴我，你跟我先生要多少錢，我會弄到錢給你。

柯羅斯塔：我不要妳丈夫的錢。

諾　拉：那你要什麼？

柯羅斯塔：妳聽我說。黑太太，我要得到補償。我要出人頭地，這一點妳的丈夫可以幫我。過去這一年半，我的處境最惡劣，但是我安分守己，沒有任何不良的記錄；而且我排除萬難，一步一步努力往上爬，我

感到滿足。現在我被解雇了，我可沒有那種心情慢慢地爬回去。我可以肯定地說，我要高升。我要回到銀行，職位更好。妳的丈夫必須安插一個位置給我。

諾　拉：他絕對辦不到！

柯羅斯塔：他辦得到。我了解他；他不敢吭聲反對。一旦我再度與他在銀行共事，妳等著瞧！一年內我會成為經理的得力助手。那將會是柯羅斯塔在掌管銀行，不是黑爾墨。

諾　拉：那種事你絕對看不到！

柯羅斯塔：或許妳以為妳可以……

諾　拉：現在我有勇氣——做那件事。

柯羅斯塔：噯！妳嚇不倒我。像妳這麼精明、備受寵愛的夫人……

諾　拉：你等著瞧，你等著瞧！

柯羅斯塔：譬如說，在冰層底下？沉到冰冷、漆黑的水裡面？直到明年春天妳才浮起來，非常醜陋、難以辨認，因爲妳的頭髮脫落……

諾　拉：你嚇不倒我。

柯羅斯塔：妳也嚇不倒我。黑太太，大家不做這種事。況且，那有什麼用呢？我仍然會掌控妳的丈夫。

諾　拉：之後嗎？我已經不在了。

柯羅斯塔：到時候我會決定妳最終的名聲，妳忘了嗎？（諾拉無言地站起來，瞪著他。）好，我已經警告妳了。不要做傻事。一旦黑爾墨接到我的信，我會等他回信。請記住，是妳的丈夫逼我再度使用這種手

段。這件事我永遠不會原諒他。黑太太，再見。（從通道走出去）

諾　　拉：（走到通道的門，將門打開一條縫，留神地聽。）他走了。他的信沒有投到信箱裡。喔！不、不！那也不可能！（門越開越大）那是什麼？他站在外頭——沒有下樓。他在考慮嗎？或許他會……？

（一封信掉入信箱；然後聽到柯羅斯塔的腳步聲，腳步聲消失在樓下的樓梯間。諾拉發出壓抑的叫聲，跑到對面的沙發桌。停頓片刻。）在信箱裡（躡手躡腳地走到對面通道的門）信放在那邊。爾墨、爾墨，我們沒希望了！

（林太太拿著戲服從左邊的門上場）

林 太 太：妳瞧，都補好了。妳要試穿嗎？

諾　　拉：（沙啞地低語）克莉絲汀，過來。

林太太：（把戲服放在沙發上）怎麼啦？妳看起來憂心忡忡。

諾　拉：過來。妳看到那封信嗎？那邊！透過信箱的玻璃就看得到。

林太太：哦！有，我看到了。

諾　拉：那是柯羅斯塔的信。

林太太：諾拉——是柯羅斯塔借給妳那筆錢！

諾　拉：沒錯，現在爾墨會知道眞相。

林太太：諾拉，相信我，那對你們兩個都是最好的。

諾　拉：妳不知道全部的事實。我假冒簽名。

林太太：天啊！

諾　拉：克莉絲汀，我只讓妳知道這件事，那麼，妳就可以當我的證人。

林太太：證人？爲什麼我要當證人？

諾拉：萬一我發瘋了，這很容易發生……

林太太：諾拉！

諾拉：或是發生別的事情，因此我不能待在這裡……

林太太：諾拉，諾拉，妳眞的瘋了！

諾拉：萬一有人想要扛起全部的責任、背負所有的罪名，妳懂我的意思……

林太太：哦！當然懂，可是爲什麼妳認爲……？

諾拉：克莉絲汀，到時候妳要當我的證人，說那不是眞的。我根本沒有瘋。我的頭腦很清楚，我跟妳打包票：別人都不知道這件事；我獨自做了整件事情。請記住這一點。

林太太：我會記住。但是我不了解這一切。

諾拉：唉！妳怎麼會了解？奇蹟就要發生了。

林太太：奇蹟？

諾拉：對，奇蹟。但是太可怕了；無論如何，這個奇蹟絕對不可以發生。

林太太：我馬上去找柯羅斯塔談一談。

諾拉：不要靠近他；他會傷害妳！

林太太：以前他很樂意為我做任何事情。

諾拉：他？

林太太：他住哪裡？

諾　拉：唉！我怎麼知道？對了。（摸索她的口袋）這是他的名片。可是那封信，那封信！

黑爾墨：（從書房喊話，一邊敲著門）諾拉！

諾　拉：（發出害怕的叫聲）啊！怎麼啦？你有什麼事？

黑爾墨：哎呀！不要這麼害怕。我們不會進來。妳把門鎖住了；妳在試穿衣服嗎？

諾　拉：是，我在試穿。爾墨，我看起來很美。

林太太：（她看了名片）他住在附近。

諾　拉：對，但是這有什麼用？我們沒希望了。信已經放在信箱裡。

林太太：妳老公才有鑰匙？

諾　拉：對，都是他在開信箱。

林太太：柯羅斯塔可以把這封信原封不動地要回去；他可以找個藉口……

諾　拉：可是，爾墨通常就是在這個時候……

林太太：妳纏住他。讓他待在裡面。我會儘快回來。（她從通道的出口匆匆走出去）

諾　拉：（走到黑爾墨的房門，開門並且朝裡面觀看。）爾墨！

黑爾墨：（從裡面的房間）喔，我終於可以大膽地進入我的客廳嗎？來吧，蘭克，我們來瞧一瞧——（在門口站住）哎！這是什麼？

諾　拉：親愛的，什麼是什麼？

黑爾墨：蘭克讓我滿心期待一個華麗的變身。

蘭　克：（在門口）我是這麼認爲，但是，我一定是搞錯了。

諾　拉：明天大家才可以欣賞，我盛裝打扮的模樣。

黑爾墨：諾拉，妳看起來很累。妳練習得太辛苦嗎？

諾　拉：不，我根本還沒練習。

黑爾墨：妳要知道，妳需要……

諾　拉：哦！爾墨，我絕對需要練習。可是，沒有你的協助，我就毫無進展。我已經忘得一乾二淨。

黑爾墨：噯！我們馬上就可以照料這件事。

諾　拉：是，爾墨，請照料我，拜託你！答應我，好嗎？噢！我好緊張。那麼盛大的派對。今夜你必須爲我拋下一切。不可以有業務；連你的筆都不可以碰。親愛的爾墨，你答應嗎？

黑爾墨：我答應妳。整個晚上我都聽妳差遣，妳這個無助的小傢伙。哦！我只要先做一件事。（走向通道的門）

諾　拉：你在找什麼？

黑爾墨：只是看一下有沒有信。

諾　拉：不、不，爾墨，不要看信箱！

黑爾墨：怎麼了？

諾　拉：爾墨，我拜託你。信箱沒有信。

黑爾墨：我還是去看一下。（他轉身要走，諾拉在鋼琴旁邊彈奏塔蘭台拉舞的第一小節。他在門口站住。）啊哈！

諾拉：如果我沒有先跟你練習，明天我就不會跳舞。

黑爾墨：（走向她）諾拉，妳眞的那麼害怕？

諾拉：是啊，怕得要命。我們馬上來練習；吃晚餐之前還有時間。噢！爾墨，坐下來爲我彈鋼琴。跟以前一樣，你邊彈鋼琴邊指導我。

黑爾墨：如果這是妳想要的，我會很樂意。（坐在鋼琴旁邊）

諾拉：（從箱子裡拿出鈴鼓和一條雜色的長披肩。她迅速地圍上披肩，然後跳到前面，大聲疾呼。）爲我彈奏吧！我要跳了！

（黑爾墨彈鋼琴，諾拉跳舞。蘭克站在鋼琴旁邊、黑爾墨的背後觀看著。）

黑爾墨：（在彈鋼琴）慢一點、慢一點！

諾　　拉：我不會跳慢的。

黑爾墨：諾拉，不要這麼激烈！

諾　　拉：就是要這樣子跳。

黑爾墨：（停止彈奏）不行、不行，那樣子根本不行。

諾　　拉：（邊搖著鈴鼓邊大笑）我沒說錯吧？

蘭　　克：讓我來爲她彈鋼琴。

黑爾墨：（站起來）好，你彈。我就可以輕鬆地教導她。

（蘭克坐到鋼琴旁邊彈奏；諾拉跳得越來越狂野。黑爾墨站在壁爐旁邊，一再給她指示，她似乎沒有聽進去。她的頭髮散落到肩膀上，她不在意，繼續跳舞。林太太上場。）

林太太：（目瞪口呆地站在門口）啊——！

諾拉：（還在跳舞）克莉絲汀，好好玩！

黑爾墨：諾拉，妳跳得這麼拼命，彷彿不跳舞就會沒命。

諾拉：確實如此。

黑爾墨：蘭克，不要彈了！這簡直是瘋狂。我說，不要彈了！（蘭克停止彈鋼琴，諾拉突然站住。黑爾墨走向她。）我難以相信。我教過的，妳全都忘了。

諾拉：（把鈴鼓扔掉）你瞧，你明白了。

黑爾墨：好吧，妳確實需要很多的指導。

諾拉：是，你明白這多麼重要。你必須教我，直到最後一刻。爾墨，答應我，好嗎？

黑爾墨：包在我身上。

諾　拉：不論今天或明天，你都只能想著我；你不可以打開任何一封信——連信箱都不可以開。

黑爾墨：啊！妳仍然在擔心那個傢伙……

諾　拉：哦！是，我也擔心那件事。

黑爾墨：諾拉，妳的表情告訴我，他有一封信放在信箱裡。

諾　拉：我不知道。我認爲有。但是現在你不可以看任何這類的信；直到這一切結束之前，我們不可以有任何不愉快的事情。

蘭　克：（輕聲地對黑爾墨說話）你不要反駁她。

黑爾墨：（摟著她）讓這個孩子爲所欲爲吧。但是明天晚上，舞會結束後……

諾拉：那時候你就自由了。

（女傭出現在右邊的門口）

女傭：夫人，飯菜擺好了。

諾拉：海倫，我們要喝香檳。

女傭：好的，夫人。（退場）

黑爾墨：我們要辦宴會嗎？

諾拉：是啊，香檳酒會直到天亮！（大聲疾呼）海倫，還要馬卡龍——很多個馬卡龍，就破例一次。

黑爾墨：（握她的雙手）喂、喂、喂，不要神經兮兮的。要當我的小雲雀。

諾　拉：哦！我會的。進去用餐吧；蘭克醫生，你也進去。克莉絲汀，妳要幫我把頭髮盤上去。

蘭　克：（他們走出去的時候，對黑爾墨耳語。）我想應該沒事，不是什麼嚴重的事。她是不是懷孕了？

黑爾墨：哦！當然不是。我剛才跟你說過，那只是孩子氣的神經質。（他們進入右手邊的房間）

諾　拉：怎麼樣？

林太太：他出城去了。

諾　拉：我看妳的表情就明白了。

林太太：明天晚上他會回來。我留了字條給他。

諾　拉：妳應該不要管這件事；就順其自然。在這裡等待奇蹟發生，畢竟是很神奇的喜悅。

林太太：妳在等待什麼？

諾　拉：唉！妳不會懂。進去找他們，我一會兒就進來。（林太太進入餐廳。諾拉站著不動，似乎在使自己平靜下來。然後她看手錶。）五點鐘。七個小時後就是午夜；然後二十四小時到下一個午夜，塔蘭台拉舞就結束。二十四加七？還有三十一個小時可以活。

黑爾墨：（在右邊的門口）小雲雀怎麼啦？

諾　拉：（伸出雙手走向他）你的小雲雀來了！

—幕落—

第二幕

第三幕

場景：同前。

一張桌子和幾把椅子已經移到舞臺中央。桌上放一盞點燃的油燈。通道的門敞開著。樓上的房間傳來舞會的音樂。林太太坐在桌邊，無所事事地翻閱一本書，她想要看書，但是顯然無法集中她的心思。她不時專注地聽外門是否有聲響。

林太太：（看著她的手錶）還沒來；時間快到了。要是他不……。（再聽一次）啊！他來了。（走進通道，小心翼翼地打開外門。樓梯間傳來輕快的腳步聲。她低語：）進來。他們出去了。

柯羅斯塔：（在門口）我在家裡發現妳的字條。這是什麼意思？

林太太：我必須跟你談一談。

柯羅斯塔：喔？而且必須在這裡嗎？

林太太：我住的地方沒有個人的房門，不方便。進來；就只有我們兩個。女傭睡了，黑爾墨夫婦參加樓上的舞會。

柯羅斯塔：（進入房間）喔，黑爾墨夫婦今夜眞的在跳舞？

林太太：對。有何不可？

柯羅斯塔：當然。有何不可？

林太太：好吧，柯羅斯塔，我們來談一談。

柯羅斯塔：我們兩個還有什麼好談？

林太太：我們有很多話可以談。

柯羅斯塔：我可不這麼認為。

林太太：不，那是因為你從未好好地了解我。

柯羅斯塔：還有什麼好了解的？這種事情是家常便飯——有更好的結婚對象出現，某個詭計多端的女人就拋棄某個男人。

林太太：你認為我那麼狡猾嗎？你認為我是水性楊花才會跟別人結婚？

柯羅斯塔：不是嗎？

林太太：尼爾，你眞的這麼認爲嗎？

柯羅斯塔：如果妳在乎我，那時候妳爲什麼寫那種信給我？

林太太：我還能做什麼？既然我必須跟你分手，我就必須讓你死心，把你對我的感情連根拔除。

柯羅斯塔：（緊握他的手）就是這樣嗎？這一切——只是爲了錢！

林太太：你別忘了，我有一個體弱多病的母親和兩個弟弟。尼爾，我不可能等你；當時你似乎前途無望。

柯羅斯塔：或許吧。但是妳沒有權利，爲了別人的利益就把我甩了。

林太太：哦——我確實不知道。好幾次我問自己，我是否心安理得。

柯羅斯塔：（較爲溫和）我失去妳的時候，我像是跌入無底洞。現在妳看看我：我是個遭遇船難的人，緊抓著一小塊船隻的殘骸。

林太太：可是，救生艇可能在附近。

柯羅斯塔：是在附近；但是妳來了，擋住它的去路。

林太太：尼爾，我不是故意的。今天我才得知，我將擁有你在銀行的位置。

柯羅斯塔：好吧，我相信妳。既然妳知道了，妳會讓位給我嗎？

林太太：不會，因爲你不會得到絲毫的利益。

柯羅斯塔：哼！不要跟我講利益！不管怎樣我都會讓路。

林太太：我已經學會面對現實。生活以及貧窮的艱苦，使我學會面對現實。

柯羅斯塔：生活使我學會不要相信甜言蜜語。

林　太　太：那麼生活讓你明白很合理的事情。但是你相信行爲嗎？

柯羅斯塔：那是什麼意思？

林　太　太：你剛才說你是遭遇船難的人，緊抓著船隻的殘骸。

柯羅斯塔：我有充分的理由這麼說。

林　太　太：我也遭遇船難，緊抓著船隻的殘骸。沒有人可以哀悼，沒有人可以掛念。

柯羅斯塔：那是妳自己的抉擇。

林　太　太：那時候我沒有別的選擇。

柯羅斯塔：那——那又怎樣呢？

林　太　太：尼爾，我眞希望，我們兩個遭遇船難的人，能夠向彼此伸出援手。

柯羅斯塔：妳在說什麼？

林太太：與其各自抓著船隻的殘骸，不如兩個人一起划救生艇，機會更大。

柯羅斯塔：克莉絲汀！

林太太：你以爲我爲什麼要到大城市？

柯羅斯塔：妳眞的有考慮到我？

林太太：我要繼續生活就必須工作。自懂事以來我一直在工作，而且工作是我最大的樂趣、唯一的樂趣。可是，現在我孤零零的，我覺得很空虛、很失落。只爲自己的利益而工作，毫無樂趣。尼爾，給我爲某個人努力過活的意義。

柯羅斯塔：我不相信這種事。那只是女人的感性促使妳奉獻自己。

林太太：你曾經注意到我有這種感性嗎？

柯羅斯塔：妳確實會奉獻自己嗎？告訴我，妳知道我過去的經歷嗎？

林太太：我知道。

柯羅斯塔：妳知道這裡的人對我的看法嗎？

林太太：你似乎在暗示，如果你跟我在一起，你可能會脫胎換骨。

柯羅斯塔：我很確定。

林太太：現在太遲了嗎？

柯羅斯塔：克莉絲汀，妳是認眞的嗎？沒錯，妳是認眞的！我看妳的表情就明白了。那麼妳確實有這種勇氣？

林太太：我想要為人母，而你的孩子需要母親。我們互相需要。尼爾，我相信你的心地善良，跟你在一起，我什麼都敢嘗試。

柯羅斯塔：（緊握她的手）克莉絲汀，謝謝妳，謝謝妳！現在我有信心讓世人對我刮目相看。啊！可是我忘了……

林太太：（留神地聽）噓！塔蘭台拉舞！走！走！

柯羅斯塔：為什麼？那是什麼？

林太太：你聽到樓上跳舞的聲音嗎？音樂一結束，他們就會下來。

柯羅斯塔：喔！好，我會走。但是這根本沒有用。妳當然不知道，我已經對黑爾墨夫婦採取什麼步驟。

林太太：尼爾，我知道整件事情。

柯羅斯塔：儘管如此，妳仍然有勇氣？

林太太：我了解，像你這樣的男人會狗急跳牆。

柯羅斯塔：哎！眞希望我能夠一筆勾消我所做的事情。

林太太：很容易——你的信還在信箱裡。

柯羅斯塔：妳確定嗎？

林太太：確定。但是……

柯羅斯塔：（用銳利的目光注視她）就是這麼一回事嗎？妳要不惜任何代價，解救妳的朋友？坦白告訴我，是這樣嗎？

林太太：尼爾，一個女人曾經爲了別人的利益而出賣自己，她不會重蹈覆轍。

柯羅斯塔：我會要求拿回我的信。

林太太：不，不用。

柯羅斯塔：我當然要這麼做。我會在這裡等黑爾墨下來。我會告訴他，他必須把信還給我——那封信只是關於我的解雇通知——他不應該讀那封信。

林太太：不，尼爾，你不要拿回這封信。

柯羅斯塔：哎！妳留字條要求我來這裡，眞正的目的不就是那封信嗎？

林太太：沒錯，那是我一時感到驚恐的反應。但是，在那之後已經過了二十四小時，在這一天當中，我在這棟屋子看到很不可思議的事情。黑爾墨一定要明白一切；這個可怕的秘密一定要公開；這兩個人一定要有徹底的了解；不能讓所有的謊言和欺騙繼續下去。

柯羅斯塔：好吧，如果妳要承擔這個風險。哦，起碼有一件事我可以做，我馬

上去做。

林太太：（留神地聽）走、走，趕快走！舞會結束了。再耽擱，我們就危險了。

柯羅斯塔：我在樓下等妳。

林太太：好，你等我；帶我回家。

柯羅斯塔：我不敢相信；我這輩子不曾這麼走運。（他從外門走出去。這個房間與通道之間的門仍然敞開著。）

林太太：（整理一下房間，把她的帽子和外套準備好。）好大的變化！好大的變化！爲某個人努力工作、努力過活——建立一個家庭。喔！這値得嘗試。但願他們趕快回來。（留神地聽）啊！他們來了。穿上我的外套。（拿起她的帽子和外套。外頭傳來黑爾墨和諾拉的聲音：門上的鑰匙孔轉動，黑爾墨幾乎是用力把諾拉帶進通道。她穿著義大利戲服，圍著黑色大披肩；他穿著晚禮服，披黑色斗篷。）

諾　拉：（在門口跟他拉扯著）不、不、不！我不要進去。我要再上樓去；我不要這麼早就離開。

黑爾墨：哎！諾拉……

諾　拉：噢！拜託、拜託，爾墨，我求求你——再一個小時就好。

黑爾墨：諾拉，一分鐘也不行。妳知道這是我們說好的。快點進來；妳站在那邊會著涼。（不理會她的抗拒，他溫柔地帶她進入房間。）

林太太：晚安。

諾　拉：克莉絲汀！

黑爾墨：林太太，這麼晚了，妳爲什麼還在這裡？

林太太：哦！很抱歉，我很想要看諾拉穿戲服。

諾　拉：妳一直坐在這裡等我嗎？

林太太：對。我來得太晚，你們已經在樓上；我想我不能沒有見到妳就離開。

黑爾墨：（拿掉諾拉的披肩）好，請仔細看一看她。林太太，我可以跟妳打包票，她值得看。她是不是很迷人啊？

林太太：是，我該說……

黑爾墨：她美若天仙，對吧？舞會的每個人都這麼讚歎。但是這個甜美的小娃娃非常任性。我們該怎麼處置她呢？妳很難想像，我幾乎是用力把她拉走的。

諾　拉：噢！爾墨，你會後悔你不遷就我，即使只是多半個小時。

黑爾墨：林太太，妳聽聽看！她已經跳了塔蘭台拉舞，而且大家熱烈地鼓掌，這是她應得的。雖然這種表演可能太寫實了——我的意思是太庸俗，不合乎藝術。但是不管它了。重點是她成功了，非常成功。在那之後，妳以爲我會讓她繼續待在那裡，然後破壞這個印象？當然不行！我挽著我迷人的卡布里小姑娘——我應該說，我任性的卡布里小姑娘，在舞廳快速地巡禮，向四面八方鞠躬，然後，就像小說的情節，美麗的精靈消失了。林太太，退場總是要引人矚目，但是我無法讓諾拉了解這一點。呼！這裡很熱。（把他的斗篷扔在椅子上，打開他的房門。）喂！這裡一片漆黑。哦，當然。我告退一下。（他進去，點燃幾根蠟燭）

諾　拉：（匆促而且緊張地低語）怎麼樣？

林太太：（小聲地）我跟他談過了。

諾　拉：然後呢？

林太太：諾拉，妳必須原原本本地，講給妳的老公聽。

諾　拉：（用呆板的聲音）我就知道。

林太太：妳完全不用擔心柯羅斯塔；但是妳必須大膽地說出來。

諾　拉：我不會告訴他。

林太太：然而那封信會。

諾　拉：克莉絲汀，謝謝妳。現在我知道我必須怎麼做。噓！

黑爾墨：（又進來）怎麼樣，林太太，妳已經欣賞她了吧？

林太太：是，現在我要說再見了。

黑爾墨：這麼快？這個針織品是妳的嗎？

林太太：（拿起針織品）是，謝謝你。我幾乎忘了。

黑爾墨：妳會打毛線？

林太太：當然。

黑爾墨：妳知道嗎？妳應該刺繡。

林太太：眞的？爲什麼？

黑爾墨：哦！刺繡比較優美。讓我來教妳。妳的左手這樣子拿著繡花布，右手拿著這根針，像這樣——很流暢的曲線——對吧？

林太太：對，我猜那是……

黑爾墨：可是，另一方面，打毛線就是很難看。妳瞧，雙臂夾緊，鉤針一上一下的——像在寫中文。啊！今晚他們提供的香檳眞是極品。

林太太：哦！再見，諾拉，不要再頑固了。

黑爾墨：林太太，說得好！

林太太：黑先生，再見。

黑爾墨：（陪她到門口）晚安，再見。希望妳平安到家。我會很樂意——但是妳只走一小段路。晚安，再見。（她走出去；他隨後關門，再走進來。）我們終於擺脫她了。那個女人很無聊。

諾　拉：爾墨，你很累嗎？

黑爾墨：不，根本不累。

諾　拉：也不想睡？

黑爾墨：毫無睡意。我反而覺得精力旺盛。妳呢？哦！妳的確看起來又累又想睡覺。

諾　拉：是，我很累。我要馬上去睡覺。

黑爾墨：妳看吧！妳看吧！我們不該繼續待在那裡，我始終是對的。

諾　拉：爾墨，你做的每一件事都很對。

黑爾墨：（吻她的額頭）現在我的小雲雀講道理了。嘿！今晚蘭克玩得很開心，妳有沒有注意到？

諾　拉：是嗎？我根本沒有跟他說到話。

黑爾墨：我也沒說幾句話；但是，我已經很久沒看到他心情這麼好。（注視她片刻，然後更靠近她。）嗯——眞高興，又回到家裡，只有我跟妳獨處。噢！妳呀，讓人神魂顚倒的小情人！

諾拉：爾墨，不要那樣子看我！

黑爾墨：爲什麼我不能看我最珍貴的寶貝？妳的美貌全部是我的，完完全全是我一個人的。

諾拉：（走到桌子的另一邊）今晚你不可以那樣子對我說話。

黑爾墨：（跟著她）我明白，妳的身體還在跳塔蘭台拉舞，這使得妳更加誘惑人。聽我說，客人開始離開了。（聲音更小）諾拉——整棟屋子馬上就會安靜下來。

諾拉：哦！我希望安靜。

黑爾墨：喔，是嗎？親愛的，當我跟妳一起出去，參加這類的派對，我很少跟妳說話，我遠離妳，我只會偶爾朝妳的方向偷瞄一眼。妳知道我這麼做的原因嗎？那是因爲我正在幻想：妳是我的祕密情人、我私訂終身的新娘，沒有人料到我們的戀情。

諾拉：哎、哎！我知道，你一直在想著我。

黑爾墨：我們離開派對的時候，我用披肩圍著妳細緻、完美的肩膀和頸子。然後我假裝妳是我的新娘子，我們剛從婚禮回來；這是我第一次帶妳進入家門——第一次我與妳獨處——與我嬌羞的小美人完全獨處！整個晚上我只渴望妳。當我注視著妳搖擺和旋轉身子跳塔蘭台拉舞，我充滿火辣辣的熱情，我再也忍受不了。這就是我這麼早把妳帶回家的原因……

諾　拉：爾墨，走開！你放手。我不要這樣。

黑爾墨：怎麼回事？諾拉，妳在捉弄我。妳不要？我不是妳的丈夫嗎？

（外門傳來敲門聲）

諾　拉：（嚇一跳）你聽到了嗎？

黑爾墨：（走向通道）是誰？

蘭　克：（在外頭）是我。我可以進來一下嗎？

黑爾墨：（懊惱地低語）唉！現在他要幹什麼？（大聲）等一下！（打開門鎖）嘿！你還記得過來看我們，眞好。

蘭　克：我想我聽到你們的聲音，然後，我非常想要進來看一下。（向四周掃了一眼）啊！這些親切熟悉的房間。你們兩位在這裡舒舒服服的。

黑爾墨：我覺得，你在樓上的舞會，也把自己服侍得很好。

蘭　克：當然。有何不可？爲什麼不享受人間的一切呢？不管怎樣都要盡量地享受，而且越久越好。那些酒是極品……

黑爾墨：尤其是香檳。

蘭　克：你也注意到香檳？很不可思議，我居然可以狂飲那麼多香檳。

諾　拉：今晚爾墨也喝了很多香檳。

蘭　克：喔？

諾　拉：沒錯，喝了香檳他就這麼亢奮。

蘭　克：喔！白天努力奉獻，晚上不就是要盡情享樂嗎？

黑爾墨：努力奉獻？我恐怕不能邀功。

蘭　克：（拍他的背部）但是我可以，你要知道！

諾　拉：蘭克醫生，今天你一定做了一些科學的研究。

蘭　克：沒錯。

黑爾墨：不得了！小諾拉在談論科學的研究！

諾　拉：我可以向你道賀你的研究成果嗎？

蘭　克：當然可以。

諾　拉：那麼是好的結果囉？

蘭　克：最有可能的結果，對醫生和病人而言——確定。

諾拉：（快速而且敏銳）確定？

蘭克：完全確定。所以，在那之後，我是不是該犒賞自己，尋歡作樂一個晚上呢？

諾拉：是，蘭克醫生，你說得對。

黑爾墨：我也這麼認爲，只要你第二天早上不必付出尋樂的代價。

蘭克：哎呀，我們這輩子擁有任何的東西，都必須付出代價。

諾拉：蘭克醫生——你喜歡化裝舞會嗎？

蘭克：喜歡，如果有很多漂亮的奇裝異服。

諾拉：告訴我，下一次的化裝舞會，我們兩個應該打扮成什麼？

黑爾墨：妳這個小笨瓜，妳已經在想下一次的化裝舞會！

蘭　　克：我們兩個？我可以肯定地說：妳應該扮演有魔法保護的不死之身。

黑爾墨：喔，可是哪裡找得到不死之身的戲服？

蘭　　克：就讓你太太穿著平常的衣服扮演。

黑爾墨：眞是貼切。你自己會打扮成什麼呢？

蘭　　克：哦！黑爾墨，我已經打定主意了。

黑爾墨：喔？

蘭　　克：下一次的化裝舞會，我會隱形。

黑爾墨：這很好笑。

蘭　　克：有一種黑色的大帽子——你沒聽過會讓你隱形的帽子嗎？你戴上這種帽子，沒有人會看得到你。

黑爾墨：（忍住竊笑）啊！當然。

蘭　克：我忘得一乾二淨，我走進來的目的。黑爾墨，給我一根雪茄，黑色的古巴雪茄。

黑爾墨：非常樂意。（遞給他雪茄煙盒）

蘭　克：謝了。（拿了一根雪茄，切掉末端）

諾　拉：（擦燃一根火柴）我幫你點火。

蘭　克：謝謝妳。（她拿著火柴讓他點燃雪茄）那麼再見了。

黑爾墨：再見，老朋友，再見！

諾　拉：蘭克醫生，祝你今夜有個好夢。

蘭　克：謝謝妳的祝福。

諾　拉：你也要祝福我。

蘭　克：妳？好吧，既然妳要求了——祝妳今夜有個好夢。謝謝妳幫我點火。（他向他們兩個點頭，走出去。）

黑爾墨：（壓低他的嗓音）他一直在酗酒。

諾　拉：（心不在焉）有可能。（黑爾墨從口袋拿出一串鑰匙，走進通道。）爾墨，你要做什麼？

黑爾墨：把信箱清空；信箱幾乎塞滿了；明天早上會沒有空間放報紙。

諾　拉：今晚你要工作嗎？

黑爾墨：妳知道，我不工作。咦，怎麼會這樣？有人動過這把鎖。

諾　拉：鎖？

黑爾墨：沒錯，有人動過。這是什麼意思？我想不是女傭。這裡有一根壞掉的髮夾。諾拉，是妳的髮夾。

諾　拉：（快速地）那一定是孩子們……

黑爾墨：那妳最好教他們守規矩。哼！嗯——哦！終於打開了。（拿出信箱裡的東西，對著廚房喊話。）海倫！海倫，把前門的燈熄掉。（他回到房間裡，把通道的門關起來，然後展示手中的一堆信件。）妳看看，有這麼多。（翻閱信件）咦，這是什麼？

諾　拉：（在窗口）信！噢！爾墨，不可以！

黑爾墨：兩張名片——蘭克醫生的。

諾　拉：蘭克醫生的？

黑爾墨：（看著名片）蘭克博士，顧問醫師。名片在最上面。他一定是離開的時候把名片丟到信箱裡。

諾拉：名片有寫什麼嗎？

黑爾墨：名字上面有一個黑十字記號。看到了嗎？多恐怖的念頭！他簡直是在宣告他的死訊。

諾拉：那正是他在做的事情。

黑爾墨：什麼！妳已經聽說了？他跟妳說了什麼嗎？

諾拉：他說：這種名片出現，表示他在跟我們告別。他會把自己關起來等死。

黑爾墨：啊！我可憐的老友。我當然知道，他不會留在這裡很久。可是太快了——然後，他要像一頭受傷的野獸躲起來。

諾　拉：如果我們不得不走，那麼，最好是安靜地走。爾墨，你不以爲然嗎？

黑爾墨：（走來走去）他已經變成我們生活中的一部分。我只是無法想像，他要離開了。他承受痛苦和寂寞，他就像是一片烏雲，襯托我們充滿陽光的幸福。哦！或許這樣是最好的。至少對他而言是如此。（站住）諾拉，或許對我們而言也是最好的。現在我們兩個要相依爲命。（擁抱她）噢！我親愛的太太，我要怎麼做，才能夠緊緊地抱住妳？妳知道嗎，諾拉，我經常希望，妳遭受很可怕的危險，那麼，我就可以爲妳冒生命的危險，冒一切的風險。

諾　拉：（她掙脫，毅然決然地說）爾墨，現在你必須讀你的信。

黑爾墨：不、不；不要在今夜。我最親愛的太太，我要跟妳在一起。

諾　拉：想著你即將死亡的朋友……

黑爾墨：妳說得對。我們兩個都受到驚嚇。想到死亡和腐敗——醜惡的事情已經影響到我們。我們必須設法擺脫這些煩憂。直到那時候——我們各自回自己的房間。

諾　拉：（摟著他的脖子）爾墨——晚安！晚安！

黑爾墨：（吻她的臉頰）小雲雀，晚安。諾拉，好好地睡。現在我要讀我的信。（他拿著信件進入他的房間，隨後關門。）

諾　拉：（眼神渙散，四處摸索，抓起黑爾墨的斗篷披在身上，她快速、沙啞、激動地低語。）永不再見到他。決不、決不！（把披肩覆蓋在頭上）永不再見到我的孩子。決不、決不！噢！冰冷的黑水。無底的深淵。噢！但願事情結束了。他拿到信了；他在讀信。噢！不，不，還沒。爾墨，再見，你和孩子們——（她往通道走去，黑爾墨突然打開他的房門，手裡拿著一封打開的信站出來。）

黑爾墨：諾拉！

諾　拉：（尖叫）啊！

黑爾墨：這是什麼？妳知道這封信的內容嗎？

諾　拉：我知道。讓我走！讓我出去！

黑爾墨：（攔住她）妳要去那裡？

諾　拉：（努力掙脱）爾墨，你救不了我！

黑爾墨：（站立不穩）眞的！他這封信的內容是眞的？眞可怕！不、不、不可能，這不可能是眞的。

諾　拉：是眞的。我愛你勝過世上的一切。

黑爾墨：呸！不要耍妳的詭計。

諾　拉：（靠近他一步）爾墨！

黑爾墨：妳做了什麼好事！

諾　拉：你就讓我走。你不必爲我受苦。你不必爲我背黑鍋。

黑爾墨：別再演戲了。（把通道的門鎖上）妳待在這裡，給我解釋清楚。妳了解妳的所作所爲嗎？回答我！妳了解嗎？

諾　拉：（目不轉睛地注視他，表情變冷漠。）是，我開始全盤地了解。

黑爾墨：（來回走動）噢！多可怕的覺醒。這八年來，她是我的喜悅和驕傲——虛僞、說謊——更差勁、更差勁——犯罪！這一切無比的醜惡！眞可恥！（諾拉不說話，一直緊盯著他。他在她的面前站住。）我應該預料到會發生這種事。我早該預料到。妳的父親不正直——不准動！妳的父親不正直，全都遺傳到妳的身上。沒有信仰、沒有道德、沒有責任感。當初我放他一馬，現在我受到這麼嚴厲的懲罰！我那麼做是爲了妳，而妳這樣子回報我。

諾　拉：對，就是這樣子。

黑爾墨：現在妳破壞我所有的幸福。妳毀掉我的前程。噢！想到就覺得恐怖。一個微不足道的小無賴抓住我的把柄；他可以對我爲所欲爲、予取予求，把我當作玩偶耍，而我不敢吭聲。因爲一個愚蠢的女人，我才會淪落到這麼悲慘的地步！

諾　拉：一旦我從這個世界消失，你就自由了。

黑爾墨：噯！別再裝腔作勢了。妳的父親也隨時隨地就可以說出一堆甜言蜜語。如果照妳講的，妳從這個世界消失了，那對我有什麼好處？絕對沒有。他仍然可以到處張揚這件事；我可能會被誤以爲是妳的同謀。他們甚至會認爲我是主謀，認爲是我慫恿妳。這一切都要怪妳——妳，我們結婚後，我百般寵愛妳。現在妳了解妳對我做了什麼嗎？

諾　拉：（冷漠而且平靜）了解。

黑爾墨：這實在令人難以置信，我根本無法理解。但是我們必須亡羊補牢。把披肩拿掉。我說，把披肩拿掉！我必須設法安撫他。我必須不惜任何代價，堵住他的嘴。至於妳和我，我們必須表現得彷彿一切如常——只是在外人的眼裡沒變。理所當然，妳繼續住在這棟屋子裡。但是我不允許妳撫養孩子；我不敢把孩子交給妳。唉！我竟然必須對珍愛的人講這種話！算了，都結束了。從這一刻起幸福不重要；重要的是挽救破碎的、表面的……（門鈴響。他嚇一跳）是誰？這麼晚了！或許是最糟的——？妳想他會——？諾拉，妳躲起來，說妳不舒服。（諾拉仍然站著不動。黑爾墨走去開門）

女　傭：（衣服穿一半，來到門口）給夫人的信。

黑爾墨：信給我。（拿信，關門）沒錯，是他的信。妳不可以拿這封信；我要自己讀信。

諾　拉：好，你讀信。

黑爾墨：（站在油燈旁邊）我幾乎沒有勇氣。我們兩個可能會遭殃。但是——

我一定要知道。（把信拆開，掃視幾行文字，注視一份附件，然後高興地大喊。）諾拉！（她疑惑地注視他）諾拉！等一等，我最好再讀一遍。沒錯、沒錯，是眞的。我得救了！諾拉，我得救了！

諾　拉：我呢？

黑爾墨：妳當然也得救了。我們兩個都得救了，妳和我。妳瞧，他把妳的借據寄回來。他說，他感到後悔和抱歉，他的人生有了快樂的轉變——唉！誰在乎他說什麼。諾拉，我們得救了！沒有人可以傷害妳。啊！諾拉，諾拉——不，我必須先毀滅這些醜惡的東西。我看看——（瞄了一眼借據）不，我不要看；整件事情要像夢一樣消失得無影無蹤。（把借據和信件都撕成碎片扔進壁爐裡，看著爐火燃燒。）好啦，都變成灰燼了。他說，自從聖誕節前夕，妳——噢！

諾拉，這三天對妳而言一定很可怕。

諾　拉：我一直在打一場硬仗。

黑爾墨：而且飽受痛苦，看不到出路，然而……。不，我們不要想起這些不愉快的事情。我們只要謝天謝地，不斷地說：「結束了！結束了！」諾拉，妳聽到了嗎？妳似乎不了解，事情結束了。妳怎麼面無表情？可憐的小諾拉，我了解。妳不相信我已經原諒妳了。可是，諾拉，我已經原諒妳了。我發誓：我已經原諒妳了。我知道，妳這麼做，完全是出自妳對我的愛。

諾　拉：這是眞的。

黑爾墨：妳一直像妻子應該愛丈夫那樣地愛我。只是妳的經驗不足，使妳用錯方法。然而，因爲妳不懂得如何處理妳的事情，妳以爲我對妳的愛就減少了嗎？不，妳只要倚靠我；我會給妳意見並且指導妳。在我的眼裡，這種女性的無助，反而使妳的魅力加倍，否則我還算是男人嗎？起初我一時感到困惑，以爲我的世界已經垮掉了，我講了冷酷無情的話，妳不要放在心上。諾拉，我已經原諒妳。我發誓，我已經原諒妳。

諾　拉：謝謝你的原諒。（她走出去，進入右邊的門）

黑爾墨：不，等一下！（朝裡面觀看）妳在那邊做什麼？

諾　拉：（從裡面）脫掉我的戲服。

黑爾墨：（站在敞開的門口）好，妳脫。我擔驚受怕的小雲雀，試著讓自己平靜下來，再度打起精神。現在妳可以安心了，我有寬大的翅膀掩護妳。（在門邊走來走去）諾拉，我們的家多麼舒適。妳在這裡是安全的；我會照顧妳，像在照顧我從鷹爪解救下來的鴿子。我會讓妳可憐受驚嚇的心恢復平靜。諾拉，事情會漸漸好轉。明天早上，妳會以截然不同的角度來看這件事；然後一切都和以前一樣。我不必一再地保證，我已經原諒妳；妳會自己感受到。難道妳以爲我會責罵妳，甚至考慮跟妳離婚？諾拉，妳不明白大男人的心思。對男人而言，知道他已經原諒他的太太——爽快而且眞心地原諒她，有一種難以形容的甜蜜和滿足。他像是擁有兩個她；可以說，他賜給她新生命，她變成既是他的太太也是他的孩子。我茫然無助的小情人，這就是今後妳對我的意義。諾拉，不要擔心任何事情；只要對我開誠布公，我會充當妳的意志和良知。（諾拉穿著便服上場）怎麼回事？不去睡覺？妳換衣服了？

諾　拉：對，爾墨，我已經換衣服了。

黑爾墨：爲什麼？這麼晚了。

諾拉：今晚我不睡了。

黑爾墨：可是，諾拉……

諾拉：（看著她的手錶）現在還不太晚。爾墨，坐下來。我們有很多事情要討論。（她坐在桌子的一邊）

黑爾墨：諾拉——怎麼回事？妳面無表情……

諾拉：坐下來。這要花一些時間。我有很多話要說。

黑爾墨：（坐在她對面的桌邊）諾拉，妳讓我感到不安。而且我不了解妳。

諾拉：對，就是這個問題。你不了解我。我也從未了解你——直到今夜。不，不要插嘴。你只要注意聽我說話。爾墨，這是算總帳。

黑爾墨：妳這句話是什麼意思？

諾　拉：（沈默片刻）我們這樣子坐在這裡，你不覺得奇怪嗎？

黑爾墨：哪裡奇怪？

諾　拉：我們結婚八年了。這是第一次，我們兩個，你和我、丈夫和妻子，在做嚴肅的交談，你沒有想到嗎？

黑爾墨：妳所謂的嚴肅是指什麼？

諾　拉：在這八年當中，比那更久——從我們認識以來，我們從未針對嚴肅的話題交換意見。

黑爾墨：妳的意思是，我應該不斷地讓妳捲入、種種妳不可能幫我解決的問題？

諾拉：我不是在談公務。我是說，我們從未認眞地對事情追根究底。

黑爾墨：諾拉，那對妳有什麼好處呢？

諾拉：就是這個問題：你從未了解我。爾墨，我一直遭受很大的冤枉；最初是爸爸，然後是你。

黑爾墨：什麼！我們兩個冤枉妳？——我們愛妳勝過任何其他人啊？

諾拉：（搖頭）你從未愛過我。你只是覺得跟我談情說愛很有趣。

黑爾墨：諾拉，我有沒有聽錯？

諾拉：爾墨，這是事實。我和爸爸住在老家的時候，他告訴我，他所有的看法，所以我也抱持一樣的看法。如果我有不同的想法，我就隱忍不說，因爲他會不高興。他總是說，我是他的玩偶娃娃，而且，他跟我玩耍的方式，就像我在玩我的洋娃娃。然後我來到你的家……

黑爾墨：怎麼用這種字眼來形容我們的婚姻？

諾　拉：（無動於衷）我的意思是，我從爸爸的雙手被移交到你的手中。你依照你的品味安排一切，於是我跟你有一樣的品味；或是我假裝一樣，我記不得了。或許有時候是這樣，有時候是那樣。當我回顧這一切，我覺得，我住在這裡像個乞丐，只夠塡飽肚子。爾墨，我的生存方式，只是爲你表演各種把戲。然而那是你要的。你和爸爸讓我受到很大的譴責。我一事無成，是你們的錯。

黑爾墨：諾拉，妳多麼不可理喻，多麼不知好歹！妳在這裡不幸福嗎？

諾　拉：不，我從未幸福。我以爲我幸福，其實我不曾幸福。

黑爾墨：不——不幸福！

諾　拉：不幸福，只是愉快。你總是對我這麼好。然而，我們的家只是一個遊樂室。在這裡，我是你的玩偶太太。就像在老家，我是爸爸的玩偶娃娃。依照順序，孩子們是我的玩偶。你跟我玩的時候，我覺得很有趣。我跟孩子們玩的時候，他們也覺得很有趣。爾墨，這就是我們的婚姻。

黑爾墨：妳的話有些道理，雖然妳胡話連篇而且誇大。但是今後會不一樣。遊戲的時間結束了，現在是上課的時間。

諾　拉：誰要上課？我，還是孩子們？

黑爾墨：諾拉，妳和孩子們都要上課。

諾　拉：唉！爾墨，想要訓練我成爲你的賢妻，你不是理想的人選。

黑爾墨：妳怎能這麼說？

諾拉：我——我怎麼有資格養育孩子？

黑爾墨：諾拉！

諾拉：剛才你自己不是這樣說嗎，你不敢把孩子交給我？

黑爾墨：那是一時氣憤！妳爲什麼要在意這種氣話呢？

諾拉：喔！其實你說的都對。我不適合撫養孩子。我必須先做另一件工作，我必須努力訓練我自己。你不適合當我的教練。我必須自我教育。這就是我要離開你的原因。

黑爾墨：（跳起來）妳說什麼？

諾拉：如果我要了解自己以及外面的世界，我必須獨立自主。因此我不能繼續和你住在一起。

黑爾墨：諾拉，諾拉！

諾　拉：我要馬上離開這裡。克莉絲汀會讓我過夜……

黑爾墨：妳瘋了！我不允許妳那麼做！我不准！

諾　拉：從此刻起，你再也不能禁止我做任何事情。我會帶走屬於我的東西。不論是現在或以後，我不會接受你的任何東西。

黑爾墨：這是哪一種瘋狂！

諾　拉：明天我會回家——我的意思是回我的老家。在老家我比較容易找到事情做。

黑爾墨：噢，妳眞是盲目、無能的孩子！

諾　拉：爾墨，我必須學會精明能幹。

黑爾墨：拋夫棄子，離家出走！妳不想想大家會怎麼說！

諾拉：我管不了那種事。我只知道我的需要。

黑爾墨：噢！令人震驚。妳竟然要逃避妳最神聖的責任。

諾拉：你認爲什麼是我最神聖的責任？

黑爾墨：還需要我跟妳說明！對丈夫和子女的責任不是妳最神聖的責任嗎？

諾拉：我有別的責任，一樣神聖。

黑爾墨：不對。妳哪有別的責任？

諾拉：對我自己負責。

黑爾墨：妳是妻子和母親，比其他一切都優先。

諾　拉：我不再相信那種事。我相信，我和你一樣是有理性的人，或者起碼我應該努力變成有理性的人，這比其他一切都優先。爾墨，我知道，大部分的人同意你的看法，而且很多書籍也找得到那種觀點。可是，我不再相信大多數人的說法，或是書本裡面的觀點。我必須獨自思考，努力理解事情。

黑爾墨：爲什麼妳不明白妳在家裡的地位？妳沒有可信賴的人爲妳解惑嗎？妳的宗教信仰呢？

諾　拉：噯！爾墨，我確實不懂宗教信仰。

黑爾墨：妳在說什麼？

諾　拉：我只知道，我接受堅信禮的時候，神父所說的話。他告訴我，宗教是萬事萬物。當我遺世獨立的時候，我也要探討那種問題。我要了解，神父的教義是否正確，對我而言是否恰當。

黑爾墨： 妳這種年紀的女人，不應該講這種話。要是宗教不能影響妳，讓我來喚醒妳的良知。妳有某些道德感吧？或者，回答我：難道妳連道德感也喪失了？

諾　拉： 爾墨，那確實不容易回答。我眞的不知道。這種問題我完全摸不著邊。我只知道，你和我對道德有截然不同的見解。一方面，我發現，法律與我的認知是兩回事；但是我不能說服自己法律是公正的。女人沒有權利，爲垂死的父親分憂，或拯救丈夫的命！我不相信那種事。

黑爾墨： 妳說話像小孩子。妳不懂妳所生存的世界。

諾　拉： 對，我不懂。可是，現在我要努力去了解。我要證明誰是對的，這個世界或是我。

黑爾墨：諾拉，妳病了；妳在發燒。我覺得妳快瘋了。

諾　拉：我覺得，今晚我的頭腦最清醒而且最明確。

黑爾墨：妳是在頭腦清醒又明確的情況下拋夫棄子嗎？

諾　拉：沒錯。

黑爾墨：那麼只有一個可能的解釋。

諾　拉：什麼？

黑爾墨：妳不愛我了。

諾　拉：對，就是這樣。

黑爾墨：諾拉！妳不是在開玩笑！

諾　拉：唉！爾墨，我很為難——你總是對我這麼好。可是我沒有辦法。我不愛你了。

黑爾墨：（克制自己，恢復冷靜）這也是既清醒又明確的自白嗎？

諾　拉：對，完全清醒而且明確。這就是我不能再待在這裡的原因。

黑爾墨：我做了什麼事情，因而失去妳的愛，妳可以告訴我嗎？

諾　拉：可以。就是在今夜，神奇的事情沒有發生；然後我明白，你不是我以前夢想的男人。

黑爾墨：請妳解釋得更明確；我聽不懂。

諾　拉：這八年來，我一直很有耐心的在等待；因為，唉！我明白奇蹟不會天天發生。然後這個危機降臨到我的身上；我很篤定地告訴自己：奇蹟將會來臨。當柯羅斯塔的信放在外頭的信箱時，我從未料想，你會接受這個男人的條件。原本我有十足的把握，你會對他說：你去跟全世界宣告這件事。一旦事情公開了……

黑爾墨：喔，然後呢？讓我的太太遭受羞辱……

諾拉：一旦事情公開了，我有十足的把握，你會站出來背這個黑鍋，並且說：我是罪人。

黑爾墨：諾拉！

諾拉：你以為，我絕對不會接受你這方面的犧牲？是，當然不會。然而，我跟你抗議有什麼用呢？這個奇蹟讓我既期待又怕受傷害。為了防止那件事，我原本要自殺。

黑爾墨：諾拉，我很樂意爲妳日以繼夜地工作，忍受痛苦和貧窮。但是，沒有人會爲愛情犧牲名譽。

諾拉：數百萬個女人做過這種犧牲。

黑爾墨：唉！妳的思想和言語像個笨小孩。

諾拉：或許吧。但是你的思想和言語，也不像是我可以共度一生的男人。一旦你的恐懼消失了——你不是擔心我受到威脅，你只是擔心你的利益會受損——一旦所有的危險都解除了，對你而言就像是船過水無痕。一切照舊，我是你的小雲雀、你的玩偶，今後你會加倍小心地呵護，因爲我變得這麼不堪一擊。（站起來）爾墨——就在那時候我恍然大悟，八年來我一直跟一個陌生人住在這裡，而且爲他生了三個孩子。啊！一想到我就受不了！我會把自己撕成碎片！

黑爾墨：（哀傷地）我明白。我們之間已經有一條鴻溝。噢！諾拉，我們不能設法將鴻溝填起來嗎？

諾拉：以我現在的狀況，我不適合當你的妻子。

黑爾墨：我有力氣改變我自己。

諾拉：或許——如果你的玩偶被搶走。

黑爾墨：啊，要分手！要跟妳分手！不，諾拉，不要——我無法想像。

諾拉：（走向右邊的房間）那我更有理由，必須做個了結。（她回來，拿著外套和帽子以及一個小旅行袋，她把衣物放在桌邊的椅子上。）

黑爾墨：諾拉，諾拉，不要現在！等到明天吧。

諾拉：（穿上外套）我不能在陌生人的房間裡過夜。

黑爾墨：我們不能像兄妹住在這裡嗎？

諾　拉：（戴上帽子）你很清楚那不會長久。（圍上披肩）爾墨，再見。我不進去看孩子。我知道，有人比我更會照顧他們。以我現在的狀況，我對他們沒有任何用處。

黑爾墨：可是總有一天，諾拉——總有一天？

諾　拉：我怎能預料呢？我根本不知道，我會變成什麼樣子。

黑爾墨：無論妳去哪裡，妳是我的妻子。

諾　拉：爾墨，注意聽。據說，一旦妻子離開丈夫的屋子，像我現在的行為，法律就免除丈夫對妻子的全部義務。不管怎樣，我免除你全部的義務。你不必認為自己該負責任，我也一樣。我們雙方必須有絕對的自由。拿去，這是你的結婚戒指。把我的結婚戒指還給我。

黑爾墨：這個也要？

諾拉：那個也要。

黑爾墨：給妳了。

諾拉：很好，現在都結束了。我把鑰匙放在這裡。女傭對屋子裡的東西了如指掌，比我還清楚。明天，我離開這個城市後，克莉絲汀會來這裡，打包我從老家帶來的東西。我希望那些東西用船運寄給我。

黑爾墨：結束了！都結束了！諾拉，妳再也不會想到我嗎？

諾拉：我相信，我會經常想到你和孩子們以及這棟屋子。

黑爾墨：諾拉，我可以寫信給妳嗎？

諾拉：不！絕對不要。你不必那麼做。

黑爾墨：哦！可是讓我寄給妳……

諾　拉：不要，不要。

黑爾墨：如果妳有需要，讓我幫助妳。

諾　拉：不用。我不接受陌生人的東西。

黑爾墨：諾拉，在妳的眼中，我只能當陌生人嗎？

諾　拉：（拿起旅行袋）唉！爾墨，這需要最神奇的奇蹟。

黑爾墨：告訴我，什麼是最神奇的奇蹟？

諾　拉：我們兩個必須有很大的改變，那麼——唉！爾墨，我不再相信奇蹟。

黑爾墨：但是我願意相信。告訴我，我們有很大的改變，然後呢？

諾　　拉：我們生活在一起，就會是眞正的婚姻生活。（她從通道走出去）

黑爾墨：（跌坐在門邊的椅子上，雙手掩面。）諾拉！諾拉！（環顧四周，站起來）空蕩蕩的。她走了。（一絲希望掠過他的心頭）最神奇的奇蹟？

（樓下傳來大門砰然關上的反響聲）

——劇終——

易卜生年表

一八二八　三月二十日誕生於挪威希恩；父親從商；母親是畫家，喜歡戲劇。

一八四四　在距離希恩幾英里外的港市格林斯塔當藥劑師的學徒。

一八四六　女僕產下他的私生子。

一八四九　完成第一部戲劇《凱特南》（*Catiline*）。

一八五〇　完成第二部戲劇《武士塚》（*The Warrior's Barrow*）。到奧斯陸準備上大學，但是落榜。

一八五一　在卑爾根新成立的國家劇院擔任舞台導演與駐院劇作家，任職六年。

一八五二　撰寫愛情喜劇《仲夏夜》（*St. John's Eve*）。國家劇院派他到德勒斯登與哥本哈根考察。

一八五四　撰寫歷史悲劇《英格夫人》（*Lady Inger of Ostraat*）。

一八五五　撰寫愛情喜劇《結婚紀念宴》(*The Feast at Solhaug*）。

一八五六　撰寫《歐拉夫·李葉克朗》(*Olaf Liljekrans*）。

一八五七　撰寫悲劇《海爾格蘭的海盜們》(*The Vikings at Helgeland*）。到奧斯陸的挪威劇院擔任藝術指導。

一八五八　與蘇珊·托瑞森結婚，隔年兒子出世。

一八六〇　因爲貧困和絕望，無法寫作。

一八六二　撰寫《愛情喜劇》(*Love's Comedy*）。獲得大學補助，蒐集挪威的民謠與民間故事。

一八六三　撰寫《王位覬覦者》（*The Pretenders*），得到政府補助旅費前往羅馬。

一八六四　到羅馬定居，開始自我流放達二十七年。

一八六六　出版《布朗德》（*Brand*），該劇廣受好評，易卜生在斯堪地那維亞半島聲名大噪。

一八六七　出版《皮爾．金》（*Peer Gynt*），得到讚譽勝過《布朗德》，提高易卜生的知名度。

一八六八　到德勒斯登定居。

一八六九　完成《青年同盟》（*The League of Youth*）。以挪威官方代表的身分赴埃及參加蘇伊士運河啟用典禮。

一八七一　出版《詩集》。

一八七三　完成歷史劇《皇帝與加利利人》（*Emperor and Galilean*）。

一八七五　到慕尼黑定居。

一八七七　完成《社會棟樑》（*The Pillars of Society*），該劇在德國各地盛大演出。

一八七八　回義大利待了一年。

一八七九　撰寫《玩偶之家》（*A Doll's House*）。回慕尼黑待了一年。

一八八〇　回義大利定居。

一八八一　撰寫《群鬼》（*Ghosts*）。該劇探討自由戀愛與性病，因而激怒群眾，遭到劇院拒演。

一八八二　撰寫《全民公敵》（*An Enemy of the People*）；《群鬼》在美國首演。

一八八四　撰寫《野鴨》（*The Wild Duck*）。

一八八五　回到慕尼黑定居；自一八七四年後首次到訪挪威。

一八八六　撰寫《羅斯莫莊園》（*Rosmersholm*）

一八八八　撰寫《海上夫人》（*The Lady from the Sea*）。

一八九〇　撰寫《海妲．蓋卜勒》（*Hedda Gabler*）。

一八九一　回到挪威，在奧斯陸永久居住。

一八九二　撰寫《大建築家》（*The Master Builder*）。

一八九四　撰寫《小艾爾夫》（*Little Eyolf*）。

一八九六　撰寫《約翰．蓋卜瑞．柏克曼》（*John Gabriel Borkman*）。

一八九八　於哥本哈根出版作品全集；慶祝七十歲生日。

一八九九　撰寫《復甦》（*When We Dead Awaken*）。

一九〇〇　中風導致半身不遂。

一九〇三　第二次中風，生活無法自理，必須仰賴照護。

一九〇六　五月二十三日於奧斯陸辭世。

淡江書系

西洋現化戲劇名著譯叢：002

玩偶之家

A Doll's House

原　　著　易卜生（Henrik Ibsen）
譯　　者　許邏灣
總 策 劃　吳錫德

發 行 人　張家宜
社　　長　邱炯友
總 編 輯　吳秋霞
責任編 輯　賴霈穎
封面設計　斐類設計工作室
印　　製　建發印刷有限公司

出 版 者　淡江大學出版中心
地址：25137 新北市淡水區英專路151號
電話：02-86318661/傳真：02-86318660

總 經 銷　紅螞蟻圖書有限公司
地址：台北市114內湖區舊宗路2段121巷19號
電話：02-27953656/傳真：02-27954100

出版日期2014年9月 一版一刷

ISBN 978-986-5982-54-6

定　價　240元

國家圖書館出版品預行編目資料

玩偶之家 / 易卜生(Henrik Ibsen)原著；許邏灣譯. -- 一版. -- 新北市：淡大出版中心, 2014.08
面；　公分. -- (戲劇譯叢；2)
譯自：A doll's house
ISBN 978-986-5982-54-6(平裝)
881.455　　103012128

本書如有缺頁、破損、倒裝、請寄回更換
退書地址：25137 新北市淡水區英專路151號M109室